杭州优秀传统文化丛书

Hangzhou Youxiu Chuantong Wenhua Congshu

良渚密码

南派三叔———著

杭州出版社

图书在版编目（CIP）数据

良渚密码/南派三叔著 . -- 杭州：杭州出版社，
2022.10（2022.10重印）
（杭州优秀传统文化丛书）
ISBN 978-7-5565-1848-7

Ⅰ . ①良… Ⅱ . ①南… Ⅲ . ①幻想小说—中国—当代
Ⅳ . ① I247.5

中国版本图书馆 CIP 数据核字（2022）第 130135 号

Liangzhu Mima

良渚密码

南派三叔　著

责任编辑	齐桃丽　祁睿一
特邀编辑	陈　硕　赵　衡　向雯雯
文字编辑	刘　潇
装帧设计	祁睿一
美术编辑	章雨洁
责任校对	陈铭杰
责任印务	姚　霖
出版发行	杭州出版社（杭州市西湖文化广场32号6楼） 电话：0571-87997719　邮编：310014 网址：www.hzcbs.com
排　　版	浙江时代出版服务有限公司
印　　刷	杭州日报报业集团盛元印务有限公司
经　　销	新华书店
开　　本	710 mm × 1000 mm　1/16
印　　张	20
字　　数	220千
版 印 次	2022年10月第1版　2022年10月第2次印刷
书　　号	ISBN 978-7-5565-1848-7
定　　价	65.00元（附赠品）

总　序

文化是城市最高和最终的价值

　　我们所居住的城市，不仅是人类文明的成果，也是人们日常生活的家园。各个时期的文化遗产像一部部史书，记录着城市的沧桑岁月。唯有保留下这些具有特殊意义的文化遗产，才能使我们今后的文化创造具有不间断的基础支撑，也才能使我们今天和未来的生活更美好。

　　对于中华文明的认知，我们还处在一个不断提升认识的过程中。

　　过去，人们把中华文化理解成"黄河文化""黄土地文化"。随着考古新发现和学界对中华文明起源研究的深入，人们发现，除了黄河文化之外，长江文化也是中华文化的重要源头。杭州是中国七大古都之一，也是七大古都中最南方的历史文化名城。杭州历时四年，出版一套"杭州优秀传统文化丛书"，挖掘和传播位于长江流域、中国最南方的古都文化经典，这是弘扬中华优秀传统文化的善举。通过图书这一载体，人们能够静静地品味古代流传下来的丰富文化，完善自己对山水、遗迹、书画、辞章、工艺、风俗、名人等文化类型的认知。读过相关的书后，再走进博物馆或观赏文化景观，看到的历史遗存，将是另一番面貌。

过去一直有人在质疑，中国只有三千年文明，何谈五千年文明史？事实上，我们的考古学家和历史学者一直在努力，不断发掘的有如满天星斗般的考古成果，实证了五千年文明。从东北的辽河流域到黄河、长江流域，特别是杭州良渚古城遗址以距今5300—4300年的历史，以夯土高台、合围城墙以及规模宏大的水利工程等史前遗迹的发现，系统实证了古国的概念和文明的诞生，使世人确信：这里是古代国家的起源，是重要的文明发祥地。我以前从来不发微博，发的第一篇微博，就是关于良渚古城遗址的内容，喜获很高的关注度。

我一直关注各地对文化遗产的保护情况。第一次去良渚遗址时，当时正在开展考古遗址保护规划的制订，遇到的最大难题是遗址区域内有很多乡镇企业和临时建筑，环境保护问题十分突出。后来再去良渚遗址，让我感到一次次震撼：那些"压"在遗址上面的单位和建筑物相继被迁移和清理，良渚遗址成为一座国家级考古遗址公园，成为让参观者流连忘返的地方，把深埋在地下的考古遗址用生动形象的"语言"展示出来，成为让普通观众能够看懂、让青少年学生也能喜欢上的中华文明圣地。当年杭州提出西湖申报世界文化遗产时，我认为这是一项需要付出极大努力才能完成的任务。西湖位于蓬勃发展的大城市核心区域，西湖的特色是"三面云山一面城"，三面云山内不能出现任何侵害西湖文化景观的新建筑，做得到吗？十年申遗路，杭州市付出了极大的努力，今天无论是漫步苏堤、白堤，还是荡舟西湖里，都看不到任何一座不和谐的建筑，杭州做到了，西湖成功了。伴随着西湖申报世界文化遗产，杭州城市发展也坚定不移地从"西湖时代"迈向了"钱塘江时代"，气势磅礴地建起了杭州新城。

从文化景观到历史街区，从文物古迹到地方民居，众多文化遗产都是形成一座城市记忆的历史物证，也是一座城市文化价值的体现。杭州为了把地方传统文化这个大概念，变成一个社会民众易于掌握的清晰认识，将这套丛书概括为城史文化、山水文化、遗迹文化、辞章文化、艺术文化、工艺文化、风俗文化、起居文化、名人文化和思想文化十个系列。尽管这种概括还有可以探讨的地方，但也可以看作是一种务实之举，使市民百姓对地域文化的理解，有一个清晰完整、好读好记的载体。

传统文化和文化传统不是一个概念。传统文化背后蕴含的那些精神价值，才是文化传统。文化传统需要经过学者的研究提炼，将具有传承意义的传统文化提炼成文化传统。杭州与丛书作者在创作方面作了种种古为今用、古今观照的探讨交流，还专门增加了"思想文化系列"，从杭州古代的商业理念、中医思想、教育观念、科技精神等方面，集中挖掘提炼产生于杭州古城历史中灵魂性的文化精粹。这样的安排，是对传统文化内容把握和传播方式的理性思考。

继承传统文化，有一个继承什么和怎样继承的问题。传统文化是百年乃至千年以前的历史遗存，这些遗存的价值，有的已经被现代社会抛弃，也有的需要在新的历史条件下适当转化，唯有把传统文化中这些永恒的基本价值继承下来，才能构成当代社会的文化基石和精神营养。这套丛书定位在"优秀传统文化"上，显然是注意到了这个问题的重要性。在尊重作者写作风格、梳理和讲好"杭州故事"的同时，通过系列专家组、文艺评论组、综合评审组和编辑部、编委会多层面研读，和作者虚心交流，努力去粗取精，古为今用，这种对文化建设工作的敬畏和温情，值得推崇。

人民群众才是传统文化的真正主人。百年以来，中华传统文化受到过几次大的冲击。弘扬优秀传统文化，需要文化人士投身其中，但唯有让大众乐于接受传统文化，文化人士的所有努力才有最终价值。有人说我爱讲"段子"，其实我是在讲故事，希望用生动的语言争取听众。今天我们更重要的使命，是把历史文化前世今生的故事讲给大家听，告诉人们古代文化与现实生活的关系。这套丛书为了达到"轻阅读、易传播"的效果，一改以文史专家为主作为写作团队的习惯做法，邀请省内外作家担任主创团队，组织文史专家、文艺评论家协助把关建言，用历史故事带出传统文化，以细腻的对话和情节蕴含文化传统，辅以音视频等其他传播方式，不失为让传统文化走进千家万户的有益尝试。

中华文化是建立于不同区域文化特质基础之上的。作为中国的文化古都，杭州文化传统中有很多中华文化的典型特征，例如，中国人的自然观主张"天人合一"，相信"人与天地万物为一体"。在古代杭州老百姓的认知里，由于生活在自然天成的山水美景中，由于风调雨顺带来了富庶江南，勤于劳作又使杭州人得以"有闲"，人们较早对自然生态有了独特的敬畏和珍爱的态度。他们爱惜自然之力，善于农作物轮作，注意让生产资料休养生息；珍惜生态之力，精于探索自然天成的生活方式，在烹饪、茶饮、中医、养生等方面做到了天人相通；怜惜劳作之力，长于边劳动、边休闲娱乐和进行民俗、艺术创作，做到生产和生活的和谐统一。如果说"天人合一"是古代思想家们的哲学信仰，那么"亲近山水，讲求品赏"，应该是古代杭州人的生动实践，并成为影响后世的生活理念。

再如，中华文化的另一个特点是不远征、不排外，这体现了它的包容性。儒学对佛学的包容态度也说明了这一点，对来自远方的思想能够宽容接纳。在我们国家的东西南北甚至是偏远地区，老百姓的好客和包容也司空见惯，对异风异俗有一种欣赏的态度。杭州自古以来气候温润、山水秀美的自然条件，以及交通便利、商贾云集的经济优势，使其成为一个人口流动频繁的城市。历史上经历的"永嘉之乱，衣冠南渡"，"安史之乱，流民南移"，特别是"靖康之变，宋廷南迁"，这三次北方人口大迁移，使杭州人对外来文化的包容度较高。自古以来，吴越文化、南宋文化和北方移民文化的浸润，特别是唐宋以后各地商人、各大商帮在杭州的聚集和活动，给杭州商业文化的发展提供了丰富营养，使杭州人既留恋杭州的好山好水，又能用一种相对超脱的眼光，关注和包容家乡之外的社会万象。这种古都文化，也代表了中华文化的包容性特征。

城市文化保护与城市对外开放并不矛盾，反而相辅相成。古今中外的城市，凡是能够吸引人们关注的，都得益于与其他文化的碰撞和交流。现代城市要在对外交往的发展中，进行长期和持久的文化再造，并在再造中创造新的文化。杭州这套丛书，在尽数杭州各色传统文化经典时，有心安排了"古代杭州与国内城市的交往""古代杭州和国外城市的交往"两个选题，一个自古开放的城市形象，就在其中。

"杭州优秀传统文化丛书"团队在传统和现代的结合上，想了很多办法，做了很多努力。传统文化丛书要得到广大读者接受，不是件简单的事。我们已经走在现代化的路上，传统和现代的融合，不容易做好，需要扎扎实实地做，也需要非凡的创造力。因为，文化是城市功能的最高价值，也是城市功能的最终价值。从"功能城市"走向"文化城市"，就是这种质的飞跃的核心理念与终极目标。

2020 年 9 月

（单霁翔，中国文物学会会长）

自 序

很早以前，我看到了这么并排在一起的一组图：

左边是良渚的玉璧及玉璧上的"鸟立高台"纹，右边是古埃及第一王朝国王杰特的名字。

图是在良渚博物院看到的，当时我久久移不开眼睛，觉得这个巧合实在太适合小说家去幻想了。

我再三求证二者之间的联系，同行的专家朋友还是告诉我，这是一个美好的巧合，是专门留给你们小说家的，不是留给科学的。

当时我要写一个故事的想法就萌生了出来，但最终也没有将"鸟立高台"作为切入点，反而是玉琮成为最大的灵感来源。不过我觉得如果没有之前的苦思冥想，也不会产生玉琮迷思，并最终完成这个故事。这也是一种上天的安排了。

这个迷思，如今在我脑海里还真实存在着。当然，对于写故事的人来说，40岁还能出现这种迷思，是十分幸运的。我由此觉得，我还能再写几年。

这个故事，我一直想有别于我之前创作的故事。我最初创作故事的时候，是这类故事的蛮荒时代。这么多年过去了，很多既定的故事模式已经让我厌倦，我想写一些不同气氛的故事。同时，也有一点私心，就是把我参观过程中的很多疑问都串联起来。在故事中，大家可以一点一点地去了解这些小小的知识点。看完，对于这些疑问，也就有了一条清晰的知识链条。

但一切都是小说家的一家之言，除了注释和一些科普示意图，其他都是我的推断和畅想，最大的作用，仅仅是希望大家通过阅读通俗小说的方式，对一种文化产生兴趣。如果能做到则太好了，如果不能，那么也希望这个故事不算浪费大家的时间。至于故事中想象出来的很多可能性，都是故事的佐料，并非科学，不可当真，只是博大家一笑而已。

最后，写给我的老读者：在看这本书的过程中，你们也许会感觉到不同的气息，这是正常的，因为我正在尝试用一种更具科普性的方式，写作文明畅想系列的小说。

我希望这本小说在娱乐的同时，还能带给你们一种阅读百科全书一样的体验，当然这对于我个人来说仍旧需要努力、需要打磨。

我正在努力将两种方式融合在一起，但老读者还是能看出，这仍旧是一本特别有我个人风格的小说。

这篇写作于出版之前，希望出版的时候，会有一些好看的插图，或者在未来的版本中能有。

文明畅想，科普通俗，传播探险精神和科学精神，歌颂人类探索世界边缘的勇气，如果文以载道，我希望我的小说里有这些精神存在。

2022 年于海南

良渚博物院藏刻符玉璧

古埃及第一王朝国王杰特的名字

目 录

引　子　笔记本

　　我从上一个事件中恢复过来，用了大概四个月的时间，然后把整个故事写了出来。书稿交给编辑之后，我开始反思我这种行为是否会产生不好的后果。然而因为整件事情太过复杂，我难以揣测并形成结论，加之书稿一直在顺利地进行，没有遇到什么"命运"的阻碍，所以我开始慢慢觉得，这件事情真的过去了。

　　而我的记忆也开始时好时坏，医生说这是精神科药物常见的副作用。虽然觉得辛苦，但至少晚上可以睡上六七个小时了，我也就接受了这种也许不可逆的后果。

　　在休养的这段时间内，书稿其实一直辗转在很多人的手里，现在出版流程很严谨，一些专业知识都需要顾问去给意见。因为上一个故事过于离奇，很多人看了之后会到处去宣扬，所以推测在那段时间，我在某个圈子里，变成了那种所谓的处理怪事的侦探这类角色。

　　在欧美电影中，这类角色往往有以下的特点：第一是多金，家里有遗产或者背后有财阀的支撑；第二是对奇怪的谜团有强烈的好奇心；第三就是充满了行动力。所以在这个夏天，我的休养生活就被一个包裹打断了。

这个包裹是复旦大学的一个老教授寄过来的，他叫陈之垚，文博系退休。我说的上一本书稿，他是审读专家之一，我和他合作了三四年。老头儿喜欢打牌，我去上海没事的时候就找他打牌。我和他之间最大的好处就是，他对我的生活没兴趣，我对他的生活也一点兴趣都没有，但两个人却在打牌上有着强烈的共鸣，所以我俩平日不联系，一旦见面就会娱乐到天亮。

他寄东西给我，这是破天荒的第一次，还附了一张条子，上面只有寥寥几句话：

"看了新书，如此神奇！我也有一经历，已经藏在心中三十年，一直没有答案。如今我时日无多，这些笔记就交给你了。我死前如果能知道答案，就把上海的房子留给你。"

看得我哭笑不得，打电话过去，却发现他真的病了——肠道癌，已经放弃治疗了。听声音，他似乎非常平静，还笑着和我说："四个月吧，我等你四个月。"

说实话，这种情况就算是玩笑，我多少也会有点难过。我不敢怠慢，于是打开他的包裹来看。

里面全部都是笔记本，什么年代的都有，确实不辱三十年这个时长。我拿起面上的一本，开始快速地阅读。

只看完了第一篇，我就被笔记中记录的事情深深地吸引住了。接下来的四天时间，我几乎不眠不休看完了所有的笔记。

陈之尧老先生经历的事情，完全不输于我以往小说里的情节和自己经历的事情。而且，我知道这些事情都是真实的，因为瞎编是不可能有那么多细节的。

　　但和我以往的故事不同的是，这个故事中虽然充斥着巨大谜团，却没有那么多阴谋，所以我在故事的开始不打算用诡异的气氛去塑造什么。

　　其实，我很少见到这样极度离奇、无法琢磨，却没有任何一丝阴谋的事件。之后的四个月时间，我都沉浸在这件事情里，并把整个过程记录了下来，我希望这个故事，可以继续流传下去。

第一部

听石头的人

第一章

　　这个故事的进展非常特殊，在讲之前，我需要先讲几个逻辑。

　　首先，笔记我是一口气看完的，所以所有的线索，都是在我心里一早就有了，但如果我把所有的事情一口气全部说出来，那这个故事就都是陈之垚笔记里的内容了。而这个故事的背后，我开始顺着笔记调查的时候，也有非常丰富的内容。这些内容和笔记穿插，才有可能把事情还原，所以我会按照最能看得懂这个故事的办法，一点一点展开。

　　其次，这个故事里有一些推测十分吓人，但我还是打算表达出来，至于大家是否认同，希望是故事之外的事情。

　　好了，这一切要从陈之垚三十年前和一个古董商的交易说起。

　　陈之垚是文博系的高才生，很早之前他还在原先的学校时，有一笔和机构合作的资金，用来为博物馆在海内外收购文物。那个古董商手里有一个玉琮，是典型的良渚玉器，保存得十分好，他希望可以捐给国家，但是有一个附带条件，就是希望陈之垚帮他恢复中国国籍。

那个古董商是越南籍，由于各种各样的历史原因，早年从国内去了越南，和陈之垚见面的时候，他年纪已经有点大了。陈之垚能理解他叶落归根的想法，答应帮他尝试一下，但条件是玉琮要先进入国内。

　　当时通信很不方便，陈之垚就去了一次越南，和古董商见面。那一次见面，他终生难忘。

　　这个人不愿意透露名字，曾是一个巨富，住在当地的洋楼里。洋楼本来是法国人建造的，他们离开越南之后，当地人没有技术修理，所以洋楼外表严重发黑，看上去比实际情况要破败很多。当时，这个楼里除了二楼的两个房间，其他房间都出租给了别人。所以陈之垚到的时候，古董商只能在剩下的两间房的一间里见他。

　　我之所以这么说，是有深意的，因为真正有细节的故事，细节是在生活中的。

　　在那个房间里——我们姑且算它是客厅，堆了很多杂物，把窗户都给堵住了，所以光线有一些昏暗。墙壁上有很多的黑白照片，拍的都是那个古董商的家族，能看得出曾经有一段时间，这个家族很兴盛，人很多。

　　而在那些杂物中——大量的梨木箱子和五斗橱——有一个东西，特别扎眼。

　　那是一块巨大的石头，被摆在了角落里。

　　没有人家里会摆一块如此丑陋、巨大的石头，第一眼就让陈之垚觉得非常奇怪。

　　陈之垚非常懂玉石，他一眼就看出这块石头是一块尚未经过加工的原石，但看起来很普通。不错，那是一种玉，但绝对不是翡翠这种当下流行宝石的原石材料，而是一块灰暗古老的玉原石，学名应该叫作"透闪石"。

当时，古董商看到了陈之垚疑惑的眼神，于是立即用布把那块石头遮了起来。

这个举动很奇怪，但古董商并没有解释。陈之垚第一次见到他本人，就发现这个人的状态很不正常，他精神恍惚，只是从里屋——要记住，这个房间可以直接通往客厅——把那个玉琮拿出来。

他出来的时候，门没有完全关严，能看到里屋非常黑，似乎窗户

小洋楼

都被什么遮了起来。

陈之㿟立即就感觉到里屋是有人的，这可能也算是他的特长了，他天然就对男女关系敏感，所以他可以肯定，里屋内有一个女人。

这也很正常，不过古董商似乎完全没有介绍她的意思，反而在肢体动作上有一种强烈的隐藏感。

他把玉琮拿给了陈之㿟，就结巴地说了一句话："拜……拜托了。"

陈之㿟觉得这不太对劲，但玉琮到了手上，他提醒自己不要多事，这里本来就很乱，自己也无法参与别人的人生，不如做好手头的事情。

于是，他便专心去看那个玉琮。

这个玉琮是有照片寄到国内的，只看照片，所有人都叹为观止，觉得是一件难得的精品：体形非常大，上面有很多纹饰，除了常见的神兽纹、漩涡纹、云雷纹等，还有很多其他繁复的纹饰，意味未明，但非常清晰。当时，众人就决定无论如何都要拿到。

良渚的玉琮有一个特点，不仅结构复杂，上面雕刻的纹饰更是精美繁细。要知道，当时还处于人类社会早期，以当时的技术，到底是如何雕刻出如此细的条纹的，并没有定论。

而且，"纹以载道"，玉琮和它上面的纹饰一直被称为"良渚的魂"，是破解良渚文化之谜的关键。

他如今拿在手里，一下子就忘记了这房间里的诡异，也忘记了时间，翻来覆去，揣摩了好久。

等他反应过来，才看到那个古董商一直保持着那个动作，看着自己，似乎也被陈之㿟的痴迷感染了："很美，对吧？"

陈之㿟当然不认同只用美去形容手里的东西，这东西不仅包含着美，还包含着一种神性，一种和这个民族起源相关的精神力量。其实他不需要和一个古董商去讨论这一点，但那一刻，他激动了，他在笔记中反复强调，他当时不是有心卖弄，而是情绪的自然流露。

他和那个古董商说道："除去光泽，这些经历千年的包浆，这样一个物品，古人往往需要一生的时间去制作。从挖到原石到制作出成品，其中的艰难，不是现代人可以想象的。他们当时对神的崇拜或者恐惧，一定达到了极致，才会用一辈子去完成一块石头制品，而它唯一的用处，就是取悦神。这在现在的人看来，其实是有点荒谬的。"

说完之后，陈之垚立即意识到自己失态了，他急忙道歉，因为自己的声音有些太大了。这个时候，他就看到那个古董商，用一种非常轻蔑的眼神看着他。

这种眼神非常离奇，因为陈之垚能看出来，那种轻蔑，不是经济上的，而是一种学术上的轻蔑。

"你觉得这个东西，只是娱神的祭品？"古董商喃喃地说了句，似乎是在问陈之垚，又似乎在对他自己说。

"难道玉琮，有实用价值吗？这东西只出现在贵族墓葬里。"

"嗯，也对。"古董商叹了口气，他看了一眼陈之垚，那眼神中有千言万语，但都灰暗地沉淀进了他的心里。他似乎一下子就放弃了任何表达的欲望，只是用布把玉琮包好，放进一个盒子里，对他道："拜托你，一定要让我能够回国。"

陈之垚接过玉琮，心中有很多的疑问，但任务终究是完成了，他的理智逐渐盖过了好奇心，于是又问了一些问题，拿了古董商的一些材料就离开了这栋房子。

之后，他将玉琮交到了领事馆，再经由领事馆送到国内，同时将古董商的回国申请也交给了大使去处理，如果审查没有太大的问题，这件事应该是可以实现的。

当天，他住在领事馆给他安排的宿舍里，晚上闭眼，想起的就是那个古董商的眼神。

他不停地回忆那一个刹那的眼神。这里要说明的是，陈之垚是一个非常聪明的上海人，他在人情世故上的观察力是非常惊人的。他非常非常确定，在那个瞬间，那个古董商不赞同他的说法，而且是完全不赞同。

这种不赞同，他在自己导师的脸上看到过，往往意味着他的结论从源头就是错误的。

他凭什么如此笃定地否定自己，而且还有一丝轻蔑？他懂什么！他不过就是一个古董商而已，运气好，得到了这么个宝贵的文物。

陈之垚非常不爽，但不知道为什么，他闭眼就是那张脸。终于，他实在睡不着了，开始剖析自己的内心到底怎么了？为什么那么在意那个眼神？

到了天亮的时候，陈之垚终于明白了自己到底在想什么。

在良渚这个文明的研究上，任何新的进展都不会是小进展，这是这个文明的特殊性造就的。那个古董商有一种不同的见解，虽然他是一个非专业人士，但他却是一个在这个行业里浸淫了多年的老江湖，他是否在过去交易的过程中，得到过什么启示或者什么江湖说法，是和玉琮的用法有关的？

他认为玉琮是有实用性的。

第二章

对于陈之垚来说，不管这种说法是对是错，只要是一种新的说法，他就得去听一听，在这个文明的考察活动中，所有的线索都应该珍惜，因为良渚实在太重要了！

所以他的焦虑点是在这里，万一那个古董商的说法是有启发性的呢？自己的自大会导致错过一个线索，而这不知道要在未来花多少年才能补回来。

一天早饭刚过，陈之垚就买了很多礼品，还带了一些特产茶叶，然后回到古董商住的老房子里。

古董商见他回来，还以为出了什么变故，脸色瞬间变得煞白，而且陈之垚发现他更瘦了，似乎这几天他在遭受巨大的煎熬。

陈之垚立即就表达了自己的歉意，并且表示领事馆非常在乎他这样的华侨归国，所以带了很多礼物来。这对于古董商来说，应该算是一个好消息，所以他看到茶叶之后，神情终于缓和了下来。陈之垚开始发挥自己在人际交往上的天赋，一个小时以后，那个古董商开始相信回国的事情非常有希望，基本是板上钉钉了，整个人彻底放松了下来。

陈之垚和他有的没的说了一会儿，就把话题绕回到了玉琮上面。当时的情况是，那个古董商已经把陈之垚当成自己的贵人，开始习惯性地讨好他，所以说到这个话题，古董商就脱口而出："当然，那玉琮是有实际用途的。"

陈之垚不动声色，讨教道："这个还是您民间的智慧厉害！到底是什么用处？"

"那就要从——玉琮的含义说起。"古董商的口音很重。他来到五斗橱边，打开门，从里面又拿出来一个玉琮和一块玉璧，不是良渚的，而是普通高古玉的玉器，品相完全不如之前给陈之垚的。看样子，这个人有收藏高古玉的习惯。

他把东西拿到陈之垚面前，并放到桌子上，指了指玉璧："古人以璧为天，因为他们认为天圆，对吧？"

陈之垚点头。

古董商又把玉琮拿起来："以琮为地，因为他们认为地方，对吧？但是你有没有发现，玉琮除了方之外，还有另外一个特征，和这个说法不和谐？"

"什么？"

古董商把玉琮交给陈之垚，后者看了看，明白了古董商在说什么："你的意思是——玉琮除了方形之外，还是分层的？"

"是的，如果按照'天圆地方'的说法，那么这个祭祀礼器，除了方形之外，还有另外一个特征，就是——它层数不一，有些是一层的，有些是两层的，有些是四层的……"古董商看着陈之垚，"为什么'地'这个概念，会分很多层？"

陈之垚无言以对。实际上，他可以说出很多种解释，但他自己知道，他说的都是推测。

谁也无法回到当年，去确定当时的人真实的想法。这也是研究良渚玉器的意义，从一件件玉器去尽量揣测、还原当时人们的生活和思想状态。

"你看，玉璧是圆形的，它的制作工艺，是不是比玉琮相对要简单一点？"古董商继续问道，"那为什么不把玉琮做成一个方形的玉片，而要做成现在这个复杂的样子？"

"您不妨直说您的意思。"陈之垚道。

"小兄弟，几千年前古人在表达'地'这个概念的时候，是把地做成多层的，一定有现实原因：要么，他们误认为地是分很多层的，很多人说地下有十八层，十八层地狱；要么，当时的地，就是分很多层的。"

陈之垚更迷糊了，地怎么分层？千层饼吗？

古董商给自己卷了一支烟，看着陈之垚，有点得意，直接说道："良渚是在杭州，对吧？附近的山里，有没有找到任何良渚玉的玉石矿场？"

这个全天下人都知道，并没有。人们挖掘出了玉作坊遗址群，甚至找到了"玉车间"和"玉工厂"，唯独不知道玉料从何处开采而来。

"当时那么大的用玉量，为什么至今没有发现玉矿？难道都是从远处运来的吗？你知道当时的技术，没办法从那么远的地方运送大量的石头材料。"

"您的意思是……"

"良渚的玉矿，就在良渚的区域内，在水路方便的地方，但谁也发现不了，因为它是在地下的，就在浙江的岩层深处。"古董商挨近陈之垚，仿佛在说一个惊天秘密，"当时所有的古人，对大地的理解都是大地是分层的。这种印象从何而来？只能从他们的所见所闻而来。也就是说，他们看到的大地，就是分层的。"

他用手凭空画出了中国地图，然后圈了圈中国东南沿海部分。

"良渚的玉琮主要出现在这个区域，浙江、江苏、上海这些地方。你仔细观察就会发现，如果古长江的走势再往上一点，然后如果当年另有一条长江的支流，从鄱阳湖的方向直接入海，那这块平原就会被长江和鄱阳湖的支流切割成一个岛屿，这整个区域，和玉琮的形状一模一样。但如今，鄱阳湖的那条支流消失了，所以这一地形地貌就消失了。可惜的是，我们永远无法回到当年，无法去判断我的想法是否正确。"

陈之垚觉得有点意思，但他内心又觉得有点无稽，牵强附会。不过，他还是顺着古董商的意思聊了下去："您是说，当时生活在这块区域的人，来到这块区域的任何一个方向，看到的……"

"都是水。最早做玉琮的人，以为这就是整个世界了。当然，随着时间的推移，人们开始造出船来，可以渡过这些江河，他们会发现江的对岸还有另外一个世界。但在最早的时候，他们开始认知天地的时候，这里的人们认为这里就是全世界。"

"所以，随着时间的推移，玉琮代表大地的意象就保留了下来，但大地在他们眼里，自己发生了变化，变得完全不同。"

古董商点头："最早的人们，无法向四周探索，又不能飞，但人类是一定会寻找世界的边界的，他们会做什么？"

"往地下。"

"对，往地下。而当时这整块区域的地下，他们探索的结果，就是这个。"古董商拿出了玉琮，"是分层的。这下面，应该有着极深的洞穴系统，一层又一层。"

"可大部分玉琮都是两层或者四层，这在洞穴体系里，也算是非常正常的。"

古董商听后就笑了，他在书架上翻找，很快就找到了一本书，翻开之后拿了一张照片给陈之垚看。

那是一个十九层的玉琮，照片是黑白的，陈之垚无法分辨出玉琮是什么材质。

"你是行家，你应该能看出，这是良渚的玉琮。当然，这东西不在我这里。我认为，玉琮是古人记录生活区域地下构造的一种物件。良渚有十九层的玉琮，说明良渚文明区域有一个极深的地下地质结构，而良渚的玉矿，就在下面。"

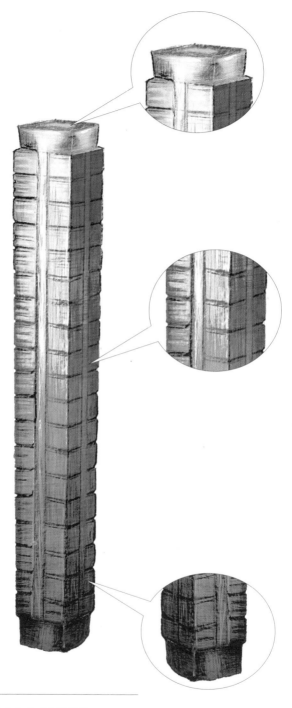

★
玉
琮

★十九层玉琮目前藏于中国国家博物馆。

第三章

上述是陈之垚笔记的第一篇。第一本笔记本内容很多，我之所以在这里分段，是因为后面写的很多是他的心情，其实没有必要记录。

我们只需要知道，陈之垚和古董商聊完之后，是兴奋而又否定的。

否定的是，这些基本上都是古董商的臆断，并不是科学论断，虽然听起来很有意思，但考古不是这么做的，听听就可以了。

兴奋呢，是因为古董商的口气，那种笃定的口气，当时已经让陈之垚有了一些异样的感觉。

也许做生意的人就是需要有这样的信念，把推测和臆想说得像是亲身经历一样。

还有让陈之垚在意的，是古董商讲述整个过程的时候，眼睛会不时地看一下他房间里的那块丑陋的石头。

陈之垚再去的时候，石头已经没有被遮住了，他故意不去盯着看，以免对方不舒服——虽然他不知道为什么对方会不舒服。

但古董商聊的时候，竟然给人一种惧内的男人在外聊天提防老婆的感觉，聊着的时候，心虚地看一眼老婆，看老婆是不是有什么情绪。

但那只是一块石头。

陈之垚实在是觉得，那男人看石头时候的那种闪烁的眼神，一定有古怪，但又说不出个所以然。

回到国内写报告的时候，陈之垚犹豫了很久，没有把这些信息写进去，他不知道应该怎么写这些内容，也怕写了被人骂。

后来，古董商也确实回国了，听说来了浙江，但不久之后就没有了消息，也许回乡生活了，也许死了。但不管怎样，这应该算一个皆大欢喜的结局。

这件事情理应过去了，陈之垚带回来的玉琮给他带来了很多研究成果，自己也得到了升迁。

一直到五年之后，事情发生了一些新的变化。

当时陈之垚在浙江仙居做一个田野考古的项目，水库底下有一个来历不明的人工石窟。其实，这样的石窟在浙江区域里不是第一次被发现，但一直没有搞明白用途，而且很多规模还都挺大，大到实在难以想象花几十年挖这么个东西要干什么。

当时有一个研究洞窟的专家参与了这个项目，陈之垚想起古董商那个理论，就和专家聊了起来。他只是当作谈资，稍微说了说那个理论，看专业人士是如何评价的。

但那个专家听了之后就皱起了眉头，很久才回答道："这理论我听过，是一个越南华侨和我说的。"

两个人一对信息，果然是同一个人，那专家面色古怪，说古董商回国之后，花钱召集过一支地质探险队，要去实践这个理论。当时三个南开大学的和两个四川大学的报名参加了这支队伍，应该还有其他人，后来他们就进山了。

　　再后来，那个古董商从山里出来了，其他人全都不见了，他接受了一段时间的问询之后才被放了回去。放回去没多久，他就上吊自杀了。

　　那个专家当时也收到过古董商的邀请，报酬非常丰厚，此时说幸亏当时院里的课题时间紧，没有接受，否则恐怕也会死在山里。

　　陈之壴没有想到当年的事情竟然是这么一个结局，就问道："那些失踪的人，怎么样了？"

　　"我们这个行业，说在山里失踪，其实人肯定是死了，只是尸体找不到。人在自然界面前是很脆弱的。如果他们是去探洞，浙江那么多洞，洞那么深，大部分野洞根本没有尽头，是没有办法找的，死在里面几乎无法被人找到。"

　　"浙江有很多洞？"陈之壴愣了一下，在他的印象中，浙江满是平原和稻田，自古以来经济非常发达。

　　"是啊，所以那个越南华侨的理论，对于浙江地下的描绘，是有一定道理的。"

　　陈之壴有些发愣，他想了想："所以，整个浙江的地下，可能真的是空的，有很多层——在理论上，这个说法是成立的？"

　　专家看着陈之壴，如果不是当时陈之壴已经是个小官了，专家可能就直接起身走人了。不同学科之间的人对话是非常辛苦的，别人没有任何义务去免费培训，闲聊变成上课也很让人崩溃。

陈之垚虽然因为震惊，反应变慢，但还是掏出烟递给对方，对方接过烟，显然纠结了一下，才说："你真想知道？我可得说好一会儿。"

"你说，晚上下馆子，我点对虾，作为学费。"

对方苦笑道："20世纪90年代的时候，国内一个权威的地球物理学会上发表过一篇论文，里面有一系列统计数据，得出了一个结论——地壳中存在虚空区。"

那篇论文呈现了一些数据，基本都来自历史记载和数据记录。我国历史上发生的所有特大地震（一般指八级及以上），几乎都伴随着明显的地面塌陷。比如，东汉时期发生在洛阳、金城、陇西的地震，史书记载"二郡山岸崩，地陷"。近代一些有详细资料的地震，在极大的破坏性下，都出现了明显的地面沉陷。比如1966年发生在河北邢台的地震群，1975年发生在辽宁海城的地震，等等。这些资料和数据都充分说明，地壳中存在着虚空区，而且范围比较大。在剧烈的地质运动作用下，虚空区会坍塌。遍观世界，也是这样。所以作者最后推测，虚空区在地壳中是广泛存在的。

那浙江良渚的地下存在虚空区，也不能说不正常。专家最后下了结论。

第
四
章

"虚空，有多大？太大的空腔从力学角度来看是无法稳固存在的，会自然塌陷。"

"哎，这就是个精妙的地方。所谓的虚空，不是真的空，是地壳内部巨大的、疏松的区域。这些区域里，全部都是岩石缝隙，犹如迷宫一样，一层一层地分布。"

陈之垚愣住了，一层一层，他脑海里出现了玉琮的样子。

"当然，虚空区到底是怎么样的，谁也没有见过。"专家道。

"这些虚空区，我们地面上的人能够到达吗？"

"到目前为止，没有任何记录能证明人类进入过这种虚空区内，只有一本凡尔纳的科幻小说里提过。但那本小说认为整个地球都是虚空的，事实上这个可能性已经非常小了，但地壳的虚空，是货真价实的。"

陈之垚仿佛听到了创世的神话，在那里神游了好一阵子。他听到的每一个字，都仿佛出现了回音，是从虚空层中传来的那种回音。

那专家看着他，拍了拍他："地质学很有意思吧！"

他只是苦笑。

从仙居回来后，陈之堑内心对于地壳虚空这件事情，开始无法抑制地思考。同时，由于他的性格，内心很快也起了一个疑问。

他怀疑古董商回国的目的不纯粹。古董商当时和他说这些事情，似乎只是一种神侃、一种推测。但回来之后，这人竟然快速地组织了一支探险队，并且去践行了自己的理论。

一个古董商为什么会有这样的举动？他应该是求财的，为什么要去做学术证明？

陈之堑回忆他接收玉琼的整个过程，当时所有的细节，都让他觉得这个人哪里不对劲。这个人有其他目的，他回国是有其他目的的，目的一定和他组织探险队有关。

当天晚上，陈之堑从床上翻身坐起来，下定决心要去查一查这件事情，他预感到，整件事情背后有一个巨大的秘密。

古董商自杀已经有那么一段时间，但因为是在浙江，陈之堑的关系还可以，中间过程就不再赘述了，大概用了两个月，陈之堑找到了一些档案。

古董商是上吊自杀的，留下了老婆。他老婆是越南人，语言不通，当时一起入籍中国，现在也回不去了，还待在古董商的老家。组织上还是照顾了一下，一直在免费让她学中文，但进展不快。

那个老婆，应该就是当时在黑屋子里的人，陈之堑心想，总算还有一个人健在，不知道为什么当时不让她从屋子里出来。

陈之垚请假去了那个在瑞安的村子，时隔多年，终于见到了那个女人，让他意外的是，这是一个很年轻的越南女人。

她的中文还是非常勉强，陈之垚和她沟通了一段时间，她一直在表达自己非常想念在越南的女儿，女儿在越南也在一直学中文，但过不来。当时古董商说他们两个先回来，之后再想办法接女儿过来，没有想到回来后不久，古董商就疯了，然后就上吊自杀了。

现在和女儿分开，她也不知道怎么办。她看到陈之垚，想到当年也是他来了之后，他们才能到中国来，所以希望陈之垚继续帮忙。陈之垚答应了下来，顺便问了回来之后发生了什么事情。

"都是因为那块石头！那里面有个妖怪！"那个越南女人好几次恶狠狠地说了这句话。陈之垚安慰了一下这个女人，让她从头说说古董商的故事。

这个故事，就没有之前的故事那么温和，在陈之垚的这些笔记里，这段故事看得我毛骨悚然。

我知道到这里还是在介绍笔记，信息量有些大，但确实，如果不把这一段说完，后面的故事很难看懂。

如陈之垚所料，古董商客厅里的那块石头，确实有问题。

第五章

古董商的名字叫宋松，早年去的越南做橡胶生意，认识了很多收藏古董的人。当时，华人圈子里有很多把古董带出海外的旧社会贵族，到了晚年就开始变卖。无论是因为子孙不争气，还是因为水土不服，在国外做生意有困难，总之那个年代，古董几乎都是白菜价。

宋松有很强的生意头脑，他觉得这些东西未来一定会值钱，就一直在购买，其中他买得最多的，是汉代以前的玉石器，俗称高古玉。

玩玉对他们那一代人来说，是非常高雅的兴趣爱好，商人大多会觉得自己在文化上有欠缺，所以多少希望能补一点回来。

要说宋松到底是不是真的喜欢古玉，到后面我分析，他是不喜欢的。用宋松自己的话说，他爱猜画谜，喜欢古画，觉得这些奥妙无穷，但对于古玉的态度却是一般。

而古画，他也多是揣摩画家的心思，而不是真的赏画。所以那个古董商，多少和陈之垚一样，也是一个擅长揣摩人心的人。

他对于玉琮如此痴迷，是因为一个在玩玉界都听过的传说故事——问玉。

故事是这么说的，当年有一个书生，家里富贵，得了一件上好的玉琮，很是喜欢，天天就放在枕头里。

古时候的枕头有用瓷做的，中间是空的，可以放东西。

白天，他就拿出来把玩，对于这个玉琮的喜欢，犹如对妻妾一般，导致朋友都嘲笑他，说这个玉琮是他的玉妾。他也满不在乎，还写了一首诗歌，就用了"玉妾"这个词。

后来，书生的家族涉事。一日，他在家中苦思营救之法不得，又不知道自己该何去何从，一边把玩那个玉琮，一边像是自言自语地在问那个玉琮："爱妾啊爱妾，你说我应该如何是好呢？"

结果晚上他躺下的时候，竟然听到了枕头里有声音。他把玉琮拿出来放在耳朵上，听到玉琮里隐隐约约传来声音，意思是跑。

书生顿觉不妙，当夜就收拾东西跑了。结果第二天，家族就被诛灭九族，所有没有跑的人都被杀头了。

之后，书生便觉得玉琮之中有神，不敢再以爱妾相称，还到各处收购玉琮。后来，他发现只有一种玉琮能问出东西来，这种玉琮通体发白，有些可以问财，有些可以问命。靠着这些玉琮，书生富甲一方，功名也不要了。

这是一个典型的民间故事，大概率所有人都会觉得这是扯淡的，但宋松却很喜欢这个故事。因为他觉得，书生要去收购各种不同的玉琮，才能得到各种问题的答案，太细节了，不像是民间故事的套路。

如果是民间故事的套路，那必然要么这个玉琮最后化为人形，要么这书生最后见异思迁，背叛了玉姜。这几乎就是现在男性故事和女性故事的特征分野。

而符合故事中描绘的，如女子皮肤、通体发白的那种玉琮，宋松当时已经买到了，那是良渚的玉琮。宋松并不是只有一个玉琮，他非常肯定，当年书生的玉姜，就是这个东西。

第六章

　　所有和宋松做过生意的人，都知道他喜欢这个故事，很多人也经常开他的玩笑，问他的玉琮有没有对他说话，宋松每次都会很温和地对他们说，有缘分的话，玉琮自然会对他说话。毕竟在这个故事里，玉琮是一个趋吉避凶的东西，总不至于天天和人聊天那么无聊。

　　那段时间，宋松买了很多玉琮。刚开始的时候，他也不知道真假，后来买着买着就买精明了。最多的时候，据说他收集有三百多个各种年代的玉琮。

　　这些东西其实不是特别好流通的古董，入手后就很难转卖，很多持有玉琮的人都纷纷来找他，于是他越买越多。

　　当时这些东西也都还便宜，他来者不拒，几乎成了一个玉琮痴。后来，越南不是很太平，他就把玉琮用油纸全部包好之后，藏进了他们家的墙壁里，再用水泥封了起来。之后，他去了缅甸一段时间。

　　这段时间，大概也就半年，他进货回来，就发现隔壁邻居鬼鬼祟崇地看着他，他觉得奇怪，就去问。对方说，他走了大概一个月之后，他房间里就开始变得很吵，每天晚上都能听到有人在他房间里说话。邻居就问，他走了之后是谁住在里面。

他当时还是单身，就以为家里进了贼，回到房间里却发现东西都在，墙壁也安然无恙。

所有东西都在原位，没有任何变化。

他觉得奇怪，也没有在意，只觉得可能是隔壁邻居听错了。结果当天晚上，他睡觉的时候，也听到了有人在说话，而且声音是从墙壁里发出来的。

他贴着墙壁仔细听，就听见墙壁里有好几个声音在说：回去。

那声音很奇怪，非常闷，就好像是压着嗓子在说话，声音虽然很轻，但在夜晚的时候显得很清楚，隔壁邻居家肯定也能听到。

此时，邻居就来了，毕竟忍受了半年，也想看看到底是怎么回事。但进来之后，宋松很快就觉得不妥，把他们都赶了出去，并且保证明天这些声音肯定就没有了。

当晚，他就贴着墙壁一直听一直听，没有人知道他还听到了什么。

第二天，邻居听到宋松把墙砸开的声音，之后墙壁里的声音就消失了。后来，宋松和别人说起这件事情，都解释是墙壁里有怪虫子，敲出来的时候，学了几句人声就逃走找不到了。

之后，宋松又很快走了，再回来已经是三年之后，整个人像变了一个人一样，而且这次他还带回来了一块巨大的石头，不知道是从哪里买来的。从那个时候起，他基本不再购买玉琮了。

宋松变得很孤僻，状态也一直不见好转。大家都说他生意失败了，精神受了刺激。好在房间里再没有人说话，晚上安静了下来，邻居也就由他去了。

结果没过几天，邻居又发现了一件奇怪的事情：宋松有时候晚上像是和人在争论，言辞非常激烈。

说实话，宋松这次回来之后，朋友都散了，也不见他和任何人来往，每天除了去商会，就是在房间里，而且见人连眼睛都不抬，心事重重，为何会忽然和人吵架呢？

最诡异的是，他争论的时候，没有人回应，也就是说，一直只有宋松一个人在激动地说话，而对方的声音却是听不到的。但听宋松整个对话的语气，明显就是他在和另外一个人争论什么。

邻居十分疑惑，因为这样的争论一次一次发生，他觉得宋松的脑子一定出问题了。有一天晚上，宋松又吵了起来，邻居就爬到房顶上，从房檐上挂下去一点，看他到底在跟谁争论。

结果邻居看到了让人毛骨悚然的一幕：宋松的房间里，根本没有其他人，只有他一个人，但他不停地在说话，而且是对他带来的那块石头不停地说着什么。那邻居是一个越南人，听不懂中文，只觉得宋松非常愤怒，但又焦急。

那邻居胆子很大，为了看得更清楚，就从房檐上探出半个身子下去。宋松背对着他，按道理，是绝对看不到他的。

结果他刚把身子探下去，还没有一秒，宋松忽然停住了说话，低声和石头说了几句，就缓缓地转头看向窗外的他。

"绝对是那石头告诉他我在窗外。"陈之垚找到宋松的邻居询问时，那个越南人这么对他形容当时的情况，"那石头有问题，是个妖怪。"

第七章

之后，宋松就搬走了，搬到了陈之垚去过的那座小洋楼里，当时是买下来的，后来生意越来越难做了，小洋楼的房间逐渐被出租，就剩下最后两个房间。

宋松的越南老婆，名字叫胡姜，她的父亲是一个军官。宋松做生意做到军队里，她父亲看到宋松很有头脑，就把胡姜介绍给他。和农妇不一样，胡姜受过高等教育，所以一开始帮宋松管账。当时宋松的年纪已经有点大了，原本胡姜是不想嫁给他的，但当时环境越来越差，她父亲后来也死了，胡姜没有办法，就同意嫁给了宋松。

当时的宋松虽早已不如当年，靠变卖家产度日，但也比普通老百姓不知道好多少。胡姜来到宋松的房子里，最先注意到的，就是那块奇怪的石头。

宋松看了她一眼，那是非常冰冷的一眼，然后就去用布擦拭那块石头。

胡姜受教育的程度高、心思细腻，她和宋松生活了不到两天，就意识到宋松和这块石头之间有诡异的联系。

首先，让她起疑的是宋松和她结婚之后，一直很想要孩子，但她在很多时候会听到宋松自言自语，说的是："别担心，她很快就有了。"

说这话的时候，屋子里往往没有其他人，自己一直在里屋，宋松在外屋，他似乎是在对着空屋子说话。

其次，宋松经常会在家里走动的时候，忽然停下来去看那石头，那感觉就像是他走着走着忽然被什么人叫住了和他对话一样，那神态和举动，让人毛骨悚然。而那个时候，虽然宋松会竭力控制，但明眼人瞬间就会知道，他的第一反应就是去看那块石头。

胡姜对客厅里的那块石头，很快生出了复杂的情绪，她不知道是宋松有精神问题，还是说那石头有什么特殊的功能。

胡姜是比较迷信的，虽然她受过教育，但是当地的很多鬼神之说，她也是从小就耳濡目染。宋松不在的时候，她和那块石头单独在一间屋子里，就开始觉得不太自在起来。

其实想想就可以理解，胡姜和丈夫不熟悉，嫁进来一起生活，发现丈夫每天都会和家里的石头说悄悄话，当丈夫不在的时候，她独自面对这块石头，那个房间又那么暗淡阴冷，确实是让人浑身冒冷汗。

她背对那块石头的时候，总是会感觉背后有一种注视感，这让她特别害怕。而且据她所说，那石头在光线暗的地方，看上去格外丑陋，上面的纹路，看着看着，总觉得有一张人脸浮在里面。

如果是现代女性，可能在丈夫不在的时候就偷偷把石头砸了或者扔了，但胡姜是不敢的，所以她要么躲在里屋，要么就去外面，阳光好的时候，她会觉得安全一点。

她的性格本身也有点倔强，本来这样的情况，她忍一忍也觉得没什么，总比在外面死掉强，但直到一天晚上，发生了一件事情，彻底让她崩溃了。

那天晚上，她和宋松睡到半夜，她起来喝水。本来她睡眠非常好，所以很少半夜起来，当天应该是吃得不好，口里特别咸，就出了里屋，到外屋拿水喝。

喝水的时候，她突然发现那石头不在原来的位置上，而出现在了房间的另外一个角落。

那种石头起码有上千斤重，正常人根本挪不动，它是怎么移动的？睡觉前它还在原来的地方，怎么半夜就移动了？

胡姜当时毛骨悚然，冒出一身冷汗，但她还是死死地忍住了，假装自己什么都没有看到，喝完水就回屋去睡觉了。

她躺到床上，虽然闭上了眼睛，但完全无法睡着，她甚至怀疑自己是不是看错了，刚才是错觉。

但是她不敢出去求证，她甚至不敢睡着，就那么闭眼忍着。

忽然，她听到房间里有了轻微的动静。胡姜本能觉得不太对，她一动也不敢动，只是微微地睁开一点眼睛，那块石头竟然出现在里屋的墙角。

第八章

"它是在确定我刚才有没有看到它。"胡姜斩钉截铁地和陈之垚说，"那是一个妖怪。幸亏我一动不动，装作没有看到。否则，那天晚上它肯定要害死我。"

胡姜说这个话的时候，浑身发抖，脸色发白，显然当时的情景让人极度恐惧。

但就在她战战兢兢，几乎要疯掉的时候，她怀孕了。

新生命的到来，本来是让胡姜欣喜的，但她想起了宋松和石头的悄悄话，心中的恐惧就从本来的鬼魅一样变得实在起来。

这两个东西，在打自己孩子的主意。

胡姜开始出现了这样的想法。

宋松要我生孩子，是给那块石头生的，那石头到底要做什么？是不是要夺我孩子的命？是不是有什么东西要从那石头里出来，变成人？

那时候她不知道哪里来的勇气，终于有一天，她和宋松去商行做账的时候，就直接逼问了宋松："那块石头，到底是怎么回事？"

"当时他的脸一下就狰狞起来，而且变得煞白，像一个鬼一样，好像一下子被我说中了心中最痛的地方。"胡姜说道。

但很快，宋松就垮了下来，倒在椅子上，喘不过气来。

这个时候，胡姜忽然意识到，宋松已经很老了，不是自己刚刚认识时那个神采奕奕的中年人了，如今这段岁月，让他迅速地老了下去。

而她还处于年富力强的年纪，在那一刻，整个世界的逻辑在她的主观中颠倒了。

她往前一步，继续逼了宋松一下，威胁他，如果他不说实话，她就带着肚子里的孩子走。

宋松看着她，看了很久才说出一句话来："它不会让我们走的。如果你听我的，它就不会害你，不会害我们；但如果你不听我的，我们都会死。"

胡姜看宋松的脸色如此煞白，他简直比她还要恐惧。

与此同时，她心里却松了一口气，因为这句话让她明白了一件事情：她丈夫和她是一头的。

在乱世中，像胡姜这样的女子，独立抚养一个孩子是非常艰难的，一个家庭的完整很重要。她原先以为丈夫和那块石头是一头的，是一对妖怪，如今她知道丈夫竟然也是受害者，内心反而安定了下来。

宋松对她道："你不能让它发现你知道它的存在，你也不要再问了。"

"可是它要对我们的孩子做什么？"

"那不一定是我们的孩子。"宋松看着胡姜，脸色苍白，"也许，你肚子里是它的孩子。"

"为什么？"胡姜脑袋里轰的一声，这说法太可怕了，每天晚上一起睡觉的，不是宋松吗？这是什么胡话！

"生下来就知道了，千万不要让它知道。"宋松哀求着，"它要做什么，会和我说，我能听到，我们做到了，再把它送回去，它就会放过我们。"

那点心安烟消云散，胡姜摸着自己大起来的肚子，只觉得天旋地转。她每晚都睡得很死，晚上到底发生了什么？她仿佛看到了，每天晚上躺在她身边的，不是宋松，而是那块石头。

她当即就晕了过去。

之后，宋松再也不肯多说什么，无论她如何相逼，宋松都只重复一句话："不要问了，这件事情会结束的。"

那段时间，宋松整个人都消瘦下来了，胡姜的肚子却越来越大。她夜夜毛骨悚然，但肚子里的孩子却十分健康活泼。

很快就到了临产的时候，孩子如期诞下。

在生产之前，胡姜夜夜恐惧，担心自己会生出一块石头，或者是什么怪胎，结果却是一个可爱的女孩。从任何方面看，这个女孩都十分健康活泼。

开始几天，胡姜不停地在这个孩子身上寻找什么不同寻常的蛛丝马迹，但这个孩子除了皮肤比其他孩子白一点之外，并没有任何的异样。当然，还有一个情况，她也不知道自己应不应该担心，就是这个孩子一点都不似宋松。

胡姜长得相当漂亮，但宋松却毫无可取之处，这女孩的相貌不像宋松，倒也是好事。

宋松也是十分开心，却又有一种隐秘的忧虑。

胡姜生下孩子之后，就开始不再惧怕那块石头，但她也谨记了宋松的话，就当那块石头是不存在的，果然相安无事。然而到了晚上，胡姜会把里屋的房门死死锁住，她内心最恐惧的是，半夜醒来会看到石头在孩子的婴儿床前。

在如此诡异的情况下，胡姜竟然也找到了自己的生存之法。

孩子慢慢长大，到了四五岁的时候，又发生了一件让她觉得害怕的事情。有一日她回来，还没进门的时候，就看到孩子呆呆地站在那块石头面前，看着石头。

胡姜已经不是当年的小女孩，她直接进入房间，当作什么都没有发生一样，让孩子吃饭。

叫了小女孩两声，她才过来，胡姜狠狠地打了女儿一顿，以不听话、不按时吃饭为理由。

也就是那个时候，她第一次意识到，小女孩的皮肤和那块石头的颜色完全一样。

当晚，她审视自己的孩子，虽然她不明白这石头是怎么回事，宋松到底发生了什么——看样子，应该是他离开家三年的那次，去了什么地方，拿回了这块石头，而且拿回石头似乎不是他自己情愿的。

同时她也意识到，这孩子可能确实不是宋松的孩子，但肯定是她的孩子。

孩子是活泼可爱的，宋松也很爱这个女儿，她能看出来，他是一个好父亲。

她已经在这个诡异的家里待了那么长时间，她自己可以和这块丑陋的石头一直这么耗下去，但是她的女儿不可以。不管女儿是什么东西生的，她应该有她自己的人生。

所以胡姜开始出现了一个念头，彻底解决这件事情的念头。

从那天起，胡姜每天都在想这件事情，她不仅自己想，也毫不掩饰地在商行和宋松商量，让他思考女儿的未来。

宋松一开始十分恐惧和抗拒，但慢慢地，随着年纪越来越大，他也开始意识到自己时日不多，应该为她们母女做点什么。他开始动摇了。最终，他真的被胡姜说服了。

最后，宋松就对胡姜说道："如果要彻底解决这件事情，恐怕要回国内去，重新去那个地方。但如果这样，我们可能会倾家荡产，以后的生活，会非常艰苦。"

"回国内哪里去？"

"说了你也不知道那是什么地方，在一座山里。"宋松说道，"也许只有去那个地方，才能解决这个问题。但那里很难去，我可能回不来。"

"我陪你一起去，只要女儿能好，我们一起去死。"胡姜对宋松说道。

宋松已经是一个老人了，彻底的老人，他看着胡姜，摸了摸她的头发。

这是胡姜第一次感觉到宋松爱她，宋松似乎在那一刻下定了决心："你照顾女儿，这件事情我来解决，但未来，可能会很穷。"

"那就穷。"胡姜说道。

宋松点了点头，胡姜此时看到宋松的眼神里面，有绝望也有平静，她第一次觉得这个男人，也许并不是那么没有可取之处。

但这一切都晚了。

第
九
章

　　胡姜的讲述犹如天马行空的神话故事，听得陈之垚喘不过气来。

　　在他的第一本笔记里，最终的结论是这样的：宋松从那个时候开始变卖自己的收藏，就是想要回国，然后在回国的时候，故意把石头和胡姜带回了国内，把女儿留在了越南。

　　这只是他们把女儿和石头暂时分开的权宜之计。

　　最后，宋松找了一群学生，组织起了一支队伍，用了自己最后的钱，把这块石头往山里运去。

　　中间不知道发生了什么，等他出来，石头已经不见了，其他学生也都不见了。宋松变得极其不正常，很快，他就自杀了。

　　宋松回来之后，应该还和胡姜有过一些对话，里面有一些线索，但陈之垚在笔记中没有写。我打电话过去问了一次，但陈之垚也回忆不起来了。

　　胡姜也早就去世了，这件事情最后的一点线索，就是笔记中唯一胡姜和陈之垚说的，宋松从山里回来后说的一句话："这事还没结束。"

陈之垚回来之后，事实上，这件事情已经基本上在他的人生里结束了。

作为他这样性格的人，他是没有执行力直接进入山里，重走宋松之路的，而且他有工作需要去做，也要维护自己的名誉，不可能滥用自己的职权去组织探险队。

所以，他在这件事情上的行动，就到此为止了，即使他心中有着无数的疑问，也明白不可能再追寻下去了。

他在笔记本上作了最后的推论：

早年间，宋松第一次听到玉琮里发出的声音，是"回去"。

那么是回哪里去？虽然宋松之后立即走了，但他是一个有正常思维的人，如果他听到一声"回去"就开始胡思乱想，然后随便找了一个地方回去，那他就是精神病。

宋松不会那么干，所以除了"回去"两个字，宋松一定还听到了其他的信息，这些信息胡姜并不知道。

我们假设他有了回去那里这样一个明确的信息，那必然同时也产生了一种诱惑，这样才能让他行动。

否则，如果玉琮和他说，你回到国内，然后就会死，宋松也是不会回去的。

我们把这种诱惑称为"X"。

X一定是正向的，比如钱财、幸福，或者类似于达成某种愿望，这有点像阿拉伯寓言一样的诱惑。

所以那个晚上，宋松一定是从玉琮那儿听到了回到某个地方，你会有 X 收获，这么一个完整的意思。

于是宋松就离开，而且那一次他离开了三年，这是一个长期的过程，回来的时候，带回了那块石头。显然他是在他去的那个地方得到的这块石头——这块石头有上千斤重，总不至于是在路边捡的。

他最后和胡姜说：也许回到那里，这件事情才能彻底结束。他最后的动向：来到浙江的深山里。

综上，再加上他痴迷于浙江地下的地质虚空理论，很容易就分析出来，宋松离开家的三年，他应该是回国来了浙江，然后进入了浙江的深山里，进入到地质的虚空层里，拿到了这块石头。然后不知道他用了什么办法——因为他绝对无法一个人搬动整块石头——回到了越南，而这块石头却有着某种智慧一般的力量，控制了他的人生，让他无比痛苦。而他最后使用的办法，是把石头送回到了他所谓的地质虚空层里面，以保障自己女儿的人生和自己不一样。

虽然不知道是什么原因，他最后上吊自杀了，但似乎这块石头之后就没有再出现过，那这件事情确实是结束了。

这里得稍微解释一下：宋松第一次回国的时候，国际环境还是非常宽松的，但第二次回国就十分困难，所以他才用玉琮作为礼品，作为立功表现，给自己创造了回国的机会。这也是陈之垚能出现的原因。

陈之垚在最后说道，胡姜眼神躲躲闪闪，说出来的故事真假难辨，恐完全无法证其真伪，毕竟宋松已经死了，到底胡姜是否还知道更多，或者胡姜说的是真是假，他都是存疑的。

有两个可能：一个是胡姜说的完全是假的，目的不明，也许是为了博取同情，为女儿的回国争取机会；另一个是胡姜说的是真的，而且她知道得更多。

只有这两个可能性。

到此，第一本笔记本结束了。

故事到这里已经很完整了，看到后面还有厚厚的一沓笔记本，我其实很奇怪，后面那么多的笔记，陈之垚到底在查什么？据我所知，他绝对不是一个探险家，也没有发表过任何地质虚空论的论文，那么他到底在做什么，能记录那么多的文字？

后面肯定还发生了什么事情。

我翻开第二本笔记本的时候，立即就明白了事情开始往哪个方向发展。

第十章

在第二本笔记的开头，陈之垚记录了内心纠结许久的一些想法。

他经历了一件那么奇怪的事，事后魂牵梦萦是很正常的，但他缺乏行动力，也没有勇气去对外宣扬这件事情。事实上，这种鬼故事一样的信息，在那个年代也不可能传播。

随着时间的推移，他一边忍受着谜团对自己的折磨，一边继续做关于良渚文化方面的研究，尤其在意良渚玉矿方面的研究成果，他想知道玉矿会在什么地方，难道真的是在地质虚空层里吗？

不仅如此，虚空层的入口难道真的在浙江的深山之中吗？

随着研究的深入，他的水平越来越高，也越来越确定在宋松家里看到的那块石头，是良渚玉器所用的石料。

业界到现在都没有找到良渚玉矿，那这块玉料是从哪儿来的呢？难道宋松的理论是对的？

关于虚空层，他也查了很多的资料，咨询了很多朋友，很多地质工作者都告诉他：那篇虚空区论文中所说的地质虚空层，一般指的是地下岩石的缝隙之间积有大量的水的区域。由于水的冲刷，整个岩层的受力结构变得很脆弱，所以才容易在地震的时候整体塌陷。因此，所谓的"虚空"，大多指的是结构不稳定的岩层，不是说地层中有一个可供人类生活的地下世界。

但他那些朋友也表示，凡事都有例外，岩层里也有概率会出现一个巨大的充满空气的空腔，只是概率非常小而已。

陈之垚在这段时间也反复在看凡尔纳的《地心游记》，连晚上做梦都是这个。

他已经记不起是在第几年了，他回到了浙江的博物馆工作（他是后面才去的复旦大学）。那个时候，他看到了自己从宋松那里收回来的那个玉琮。

它就静静地躺在展览柜里，而在它边上，竟然摆放着宋松照片里那个十九层高的玉琮，冥冥中似乎有什么力量在引导他，让他重新想起当年的事。

他十分感慨，在边上看了许久。

如果这是古人记录地层数据的东西，那有些玉琮是两层的，是否表达它的主人只进入过两层深的地下，而这个十九层高的，是不是代表这个玉琮的主人是一个探险达人，他进入过十九层深的地下，并且活着回来了？玉琮的所有者都是贵族，这种进入地层的活动，是否还代表着贵族地位的比拼？古代良渚人，是否有着强烈的往地下深入的执念？

一连串的疑问，扰乱了他的思绪，加上喝了一点酒，他头脑发热，将耳朵贴近玉琮去听，希望宋松的玉琮，可以给自己一个答案，让他解脱。

他自然什么都没有听到。

那天晚上，他忽然觉得这个故事非常荒谬，于是干脆从内心彻底放弃了探究秘密的想法。后来，他花了几年时间帮助胡姜母女团聚，胡姜的女儿到达浙江的时候，他见过小姑娘一次，他说从未见过如此冰肌玉肤的小姑娘，但和这个年纪的小孩无异，极其馋嘴，只是比同龄人精力充沛。

为了表示感谢，胡姜把宋松的另外一些物件都交给了陈之垚处理，其中不乏一些古董。陈之垚把价值高的送到了博物馆，一些民间鸡零狗碎的玩意，像是老核桃、蛐蛐罐，就托人拍卖掉，卖得的款项给胡姜母女生活。

到最后，他这里只剩下了一批赝品画，其中一幅我非常熟悉，叫作《骷髅幻戏图》，是仿宋代画家李嵩的作品，也是一个杭州人。

在这幅赝品上，宋松有一个批注："知是赝品，感同身受，画中为我，我为枯骨活尸乎？"

然后在画的落款的地方，还有一行小字，这行字，就完全看不懂是什么意思了，因为墨迹晕散，完全不可考证，大约是年月日。

第十一章

　　这幅《骷髅幻戏图》，是非常有名的怪图，图画的中心是一个坐着的大骷髅，意态闲适地操控着一个小骷髅（即提线木偶），小骷髅很是活泼的样子。而大小骷髅的身前身后都有妇女带幼儿在观看。这幅画的用意众说纷纭，到现在也没个定论，无非就是"见山是山"，或"见山不是山"。

　　剩下的不如这幅图奇怪精巧，只是一些山水画，但在我看来也非常奇怪，因为它们都是模仿李嵩的笔触所画的，一看就知道是赝品。

　　我看到的是这些赝品的照片，都夹在笔记本里，但实在是太小了——当年的照相机像素很低，而原本的那些画，现在都已经腐朽发霉，完全损毁了。

　　陈之垚当时是亲眼看到过这些画的，他看到的信息量肯定比我要大很多，所以他笔记里所记录下来的发现，我在这些照片上基本看不出来，只能依靠文字的描述凭空想象。

李嵩《骷髅幻戏图》

五里

第一部 听石头的人 / 047

那《骷髅幻戏图》里的骷髅、孩子、喂奶的妇人、提线木偶，很容易让人想起之前宋松的经历。宋松对这幅画心有戚戚，也是很正常的。而陈之垚甚至能从画中看到一个竹箱上，放着一个玉琮样子的东西。

因为陈之垚对玉琮过于熟悉，所以他第一眼就看到了，那东西垫在黑色的香盒下面。

同时，陈之垚也发觉，这些画上的落款都是一样的，显然是一套图，而根据落款时间的不同，也很容易辨别出前后顺序。陈之垚按照落款时间，发现排在第一幅的正是《骷髅幻戏图》，后面的六幅则全部都是山水画。他把后面的六幅山水画按照时间的先后顺序放在一起观察，画中竟然是同一条山脉中的沿路风景。

但奇怪的是，排在第一位的《骷髅幻戏图》上，却没有画任何的山水风景，显然和后面的六幅画格格不入，看起来完全不成套。陈之垚翻来覆去仔细观察，最终在这些画上发现唯一一个共同点，就是全都画有骷髅。

第一幅自然不用说，主题就是骷髅，从第二幅开始，如果观察得足够细致，就能在山水之中发现隐藏着的小骷髅，骷髅的造型和《骷髅幻戏图》上的大骷髅一样，甚至有的还能看到它手中操控着的木偶小骷髅还挂在它背上。这些骷髅被分别画在树荫中、山湾里、溪水边，这当然不是李嵩的特色，而完全是造假画家自己的恶趣味。

这似乎是以骷髅为主题的一套山水画。

也许是天人感应，陈之垚忽然产生一种直觉，这是地图，是宋松进到山里的地图，这些画的作者就是宋松，因为很多古董商精通作假，他们的笔墨功夫都非常厉害。也就是说，按照这些山水画的指示，这样一幅一幅地前进，直到最后一幅画的时候，才能到达目的地。

但整套图中排在第一的，却是《骷髅幻戏图》，上面没有任何山水，这怎么指明起点呢？

陈之尧想起宋松说过他非常喜欢猜画谜，他觉得宋松应当是通过画谜的形式，在《骷髅幻戏图》中隐藏了整条路线的起点，后来人需要解开画谜才能找到地图的起点，而终点就是能进入到虚空层的入口。

也许有人说，为什么不从第二幅开始找起呢？虽然起点很重要，但如果能找到第二幅的山水所在，也可以开始这张地图啊！然而按照宋松的经历来看，这些山水应该都是浙江的山水，浙江虽然是一个富庶的鱼米之乡，但也有着巨大的山区、连绵的丘陵和高山，仅仅只凭借一幅山水画就能找到一座山，也是做不到的。

后面整整一本笔记，记录的全都是陈之尧在试图解开这幅《骷髅幻戏图》里画谜的经过，他在上面涂涂抹抹，列举出各种可能性。

到了我这里，又出现了一个新问题：没有原画了，我手里只有那几张照片。古画的尺寸和照片的尺寸差别太大，所以那几张照片看上去很模糊，我根本看不明白是怎么回事。这条线索在这里，几乎是作废的。

而陈之尧写在笔记本里的各种分析，几乎都是扯淡，大部分都牵强附会。之前，我以为他已经知道了去往深山之中虚空层的路径，但看完了这本笔记，我发现他完全是在依靠这种解画谜的方式，来排解自己无法进一步探索的疑惑和遗憾。

这个故事到了这里，需要暂时回到我这边来，虽然我把所有的笔记都看完了，但是这些笔记里的有些东西，在当时是根本看不懂的，所以在这里把信息全部讲出来也没有意义。

我先去网络上下载了一张全尺寸的《骷髅幻戏图》，同时也去了良渚博物院，去看里面的良渚玉琮，又约了基金会的朋友一起去拜访了一批良渚文化方面的专家，大家对于玉矿在哪里，也有各种各样的说法。但虚空层一说，他们都表示难以接受，因为这种学说无法被证伪，那就不算是科学。

我也看到了后面发掘出来的一批新的玉琮，令人叹为观止，上面的工艺细节都是微米级别的，几位专家从不同方面详细讲解了古人制作玉琮的过程，说了线雕和利用鲨鱼牙齿雕刻的可能性，确实很多玉琮需要一辈子的时间去创作。

回到办公室里，我看着那幅挂在墙壁上的网购的《骷髅幻戏图》，陷入了深深的沉思。这线索真是玄妙得不能再玄妙了，我经历了那么多事情，也是第一次遇到如此深奥的谜面。

第一天，我几乎是躺在画前的沙发上睡死过去的。我一直有睡眠问题，真不知道为什么看这幅画能睡得那么死。

第二天，还是睡死，醒来的时候发现自己油光满面，多年的疲惫竟然一扫而光。

第三天，我开始意识到，这不是有没有灵感的问题，画谜到底是一个什么东西，我并不了解，所以根本无从思考。我所谓的"解开画谜"，本质上是在观察画中所有的细节，类似于"大家来找茬"这样的游戏。于是，我换个思路，开始翻开我的通讯录，寻找这方面的专家。

如果是小说，我可以直接说经过了多久的寻找，我终于找到了一个人，然后如何如何，但事实上，我问了一个下午，根本没有任何人对画谜这个东西有所涉猎。我的记忆中，只有一部 TVB 的电视剧里有类似的情节，但那一部剧年代非常久远了，我连名字都回忆不起来。

最后我还是想到了一个办法，在抖音上找了一个那种可以看一张照片就能知道这张照片是在哪儿拍的达人，然后飞过去见他，说明了来龙去脉，希望他能帮我看一看这些山水画到底画的是哪里。

我心中是忐忑的，担心他吐我口水，以为我是来开玩笑挑衅他的，所以我一遍一遍地解释。

他没有表现出不开心，而是认真地看着这些照片。达人不愧是达人，虽然画面很模糊，但他的思维方式不一样，立即就说出了自己的想法。

"上面树的长势是写实的，你看都是朝一个方向，说明这些画相对有写实性。李嵩的画本来就比较写实，所以山体的形状应该也是对的。难点是这些山都是丘陵，丘陵被树木覆盖之后，看上去就会非常相似，但我们可以有一个信心，就是所有的路标性提示，一定具有路标性。"

这是句废话，但很有道理。

"人只有在一种情况下会设立路标，就是道路从简单变复杂的时候。"他继续说道，"我觉得，画谜没有那么难，我可能已经解开了。"

第二部

画谜

第十二章

　　我心中一阵兴奋，心说专家果然是专家，这样都能看出端倪来，忙表示敬请赐教。

　　他说道："你来看，骷髅的位置，全部都在岔路口，它们的手指指向的应该是正确的方向。如果你去野山游玩过，就知道野山里是没有路的，而我们这里所说的路，其实就是山口，你看这张画。"

　　他拿出一张照片指给我看："你看这一张画，如果此刻你正在画中的山谷前进，前方出现了两个山口，你走哪一个？按照这张画所示，骷髅所在的山口，就是正确的方向。"

　　"这么简单吗？"

　　"路标的指示一定要简单，当然，这是一张画谜，它本身带有一定的隐蔽性，但这种隐蔽性靠的是其他技巧。"

　　我有点听不懂，但大体能理解是什么意思，反正就是骷髅在的山口是正确的方向，并且我们必须沿着山谷前进，因为这些画中的所有景色都取自山谷，说明当年留下这张地图的人，是在山谷中行进的。

"那么，凭借这些图，去浙江各处山谷里一座山一座山地进行对比，是否就能找到这些画所画的地点？"我问道。

"很遗憾，并不能，这就是画谜的奥妙所在。这种地图只是利用地标来指路，是非常原始的一种指路方式。在深山，山和山是非常相似的，所以会选择怪山、怪石、瀑布等十分显眼的地貌作为地标，这样才能起到指示作用。但是你看这些画中的山是不是很普通？浙江境内像这样有两个山口的山谷，至少有两三千个吧，你怎么找？所以这个出画谜的人，应该用了一种特殊的办法，杜绝了你这种企图跳过前面的画，直接去找终点的想法，你只能从第一幅画开始解谜。"达人指着画继续说道，"举个例子来说，我知道从我家出来之后，遇到第一个麦当劳往右拐是正确的道路，那么首先，我得知道麦当劳在哪儿。"

"我不明白，有什么办法能在地图上既不画出地标，又能让地图有效？"

达人说道："画中没有任何的怪笔，但留白很大，这些留白严重违背了山水画的审美原则，所以我觉得，这个画家应该是反其道而行之，故意不画那些怪山怪石，而是在那个位置上留了一块空白。如果你来到画中的地方，看向留白的位置，就会看到那些怪山怪石。"

"你的意思是——只有到那里才能知道？"

"对，到了那儿就知道了。"

"所以我还是跳不过第一幅画，必须从《骷髅幻戏图》开始解谜，找到起点之后出发，才能按顺序一幅一幅地找下去，跳着找是不可能找到的。"

达人点点头，露出了欣慰的表情，这确实不好解释。

我想了想，心说难怪陈之垚搞了那么久都没有结果，出这个画谜的人思维十分缜密。

目前看来，只有解开《骷髅幻戏图》才有戏了。但说实话，我在这幅画上找不到任何线索。

于是我问达人对《骷髅幻戏图》有没有什么开创性的看法，他摇摇头，表示解这种纯粹的画谜，不是他的强项，不过他在送我走的时候似乎想到了什么，对我道："老师，我觉得，有时候画谜可能不在画里，你是不是可以换一个方向，思考一下这幅画的名字？"

我激灵了一下，虽然觉得这个想法有点诡异，但却不失为一个思路，我之前并没有往这方面想过，如果那些山水画是用留白来隐藏秘密，那是不是说明宋松本身就喜欢以画外之物来传达信息呢？

《骷髅幻戏图》，这幅画的名字很特别，我在回去的飞机上，把这个名字写在纸上，越看越觉得这几个字特殊，特别是放到一起的时候。

我开始把它们的笔画拆开来，很快我就发现，这几个字特别好拆，分开之后，骷是骨＋古，髅是骨＋娄，幻是幺＋刁，戏是又＋戈，图是囗＋冬。

如果重新组合呢？

整个飞行的过程，我都在不停地排列组合这些偏旁，陷入了疯魔的状态。

其中有一个很有意思的组合是，这几个部首里，有三个都是发 gu 的音，骨、古、骨，所以我一直不自觉地发出"咕咕咕"的声音，以至于边上的乘客和空姐偷偷说："我觉得这个人以为自己是一只鸽子，他可能脑西搭牢了。"但我毫不在乎。

在一堆的排列组合中，排列出有中文意思的非常少，而且读起来都很拗口。我做了很多尝试，比如：冬古骨、冬骨古、骨口古、古口骨。

虽然怎么看怎么不对，但有一种强烈的感觉，我觉得自己就差一层窗户纸了。

下飞机之前，我终于走上了比较正确的道路，因为我把简体字换成了繁体字：骷髅幻戏圖。

我在飞机上吃饭的时候，无意间看到飞机后座的杂志封面上有几个繁体字，忽然就有了灵感：以宋松的文化背景，如果有秘密，那会不会是在繁体字的体系里设计的？

在繁体中文结构里，文字不仅仅是单纯的符号，还是带有远古意味的图形。

比如说"戲"字，如果要分解，首先是一个老虎的头放在一个豆器上，豆是一种盛食物的器具，而边上靠着一柄戈。

它直接从非常抽象的东西，变得具象起来，一个虎头的豆器，加上边上的一柄戈。

而"圖"字直接就变成了一个四合院的平面图，因为这个字的繁体本来就是当时设计图的象形。

这就一下子打开了我的思路，虽然对"骷髅幻"三个字，我仍旧毫无头绪，但是当我看到"戲"这个字的时候，我就意识到，这个地标中肯定有和老虎有关的信息。

但解开这个谜题的难度仍旧很大，比如说这个虎，是以形状论还是以文字论？完全没有定数。

我抱着试一试的心态，开始搜索浙江境内所有带"虎"字的山名，祈祷能够找到突破性线索，结果出来了，起码有 20 个地方。

什么龙虎山、卧虎山、虎头山……遍布浙江南北，看样子，浙江当年有很多野生老虎。我看了看这些地方的背景故事，要么就是山里有老虎出现过，要么就是山形像老虎，众说纷纭。

我一条一条地抄录，内心已经开始焦虑起来，好在这段时间我开始学佛法，强迫自己静心。

伟大的事情，总是困难的，否则陈之垚不早就搞定了吗？

回到家里，我把所有带"虎"字的山名全部贴在了墙壁上，心里盘算着，我得用多久才能把这 20 多个地方全部走完。

这么算吧，去了那里，找到那山就得两三天。这些山大部分是野山，人也极难上去，但我还得上去，因为我还不知道另外几个字的意思，得上去看看四周有没有其他提示。

而且，很有可能登上"虎"山是没用的，要在远处看着"虎"山，让"虎"山出现在我的视野里才有用，我才可能看到"骷""髅""幻""圖"这些字代表的景象。它们所代表的地貌特征应该会指出一个方向，那就是我们进山的第一个路标。

登上"虎"山看一圈四周的景色是简单的，但围着"虎"山四周的山走，找角度看"虎"山，那得靠直升机才能完成。

这样算起来，大概需要半年才能搞完这事，而且是没日没夜地搞才行。

我的头嗡嗡的，这真不是我个人能力范围内能办到的事情。

或许根本就和老虎没关系。一个猜想就要用半年求证，那我到陈之壶这个年纪，也许刚刚能搞完自己的第十个猜想。

但这个时候，我看到了一个地名，叫作虎嬉头，位于桐庐县横村镇、瑶琳镇分界线上的白云村里毛山自然村西侧，海拔654.4米。相传，东晋时期著名道学家郭文引虎采药于此，石上遂留虎迹，故而得名。

不知道为什么，这个名字，还有这个"戏"和"嬉"两个字发音的天然联系，让我产生了很强的直觉。而且，单看"戲"这个繁体字，我总觉得那个"戈"，很像"头"字。

我开始搜索这个地名，这个地方边上就是瑶琳仙境，那是浙江很有名的一个溶洞。其实，在桐庐，这样有名气的溶洞有20多个，而没有名气，甚至没有名字的溶洞在桐庐境内以及附近不计其数。桐庐以前被叫作"洞国"是有原因的。

如果宋松回国寻找入口，在浙江他最先在意的确实应该是桐庐。

有了这个启发，我开始思考，这幅《骷髅幻戏图》是不是用文字的形状设计的谜题。

思来想去，又卡住了，其他四个字还是没有任何的进展，但我已经等不及了，决定先去虎嬉头看一眼。如果我猜得没错，那儿应该有更多的提示，无论如何，都好过我在这里看图片。

那边有很多丘陵，我预估以自己的体力支撑下来是比较困难的，于是就联系了贵州的一队做探险的UP主，他们是兄弟两个。我说明了我的意图和想法，但是没有说得太细，免得别人觉得我是一个神经病。我只说我要写一部这方面的作品，希望他们能过来跟着当年一个传说的线索走走看，还可以顺便做一期视频。

这两个哥们儿我是比较佩服的，他们去贵州的各种野洞，在黑暗里一走就是数十千米。兄弟中一个有点胖，不太聪明的样子，胆子特别大，有时候他一个人攀岩、落洞，直径两三百米的巨大地下洞厅，伴着巨大的瀑布，他一个人举着个自拍杆就下去了。

要知道那些洞根本就没有所谓的路，基本上是下坡，一段一段的竖井，稍微有坡度的地方全部都是巨石。

有些洞的入口就在悬崖上，他们得先爬上300米左右的悬崖，然后从仅容一个人勉强能挤进去的洞口进去，再往下降500米左右进入地底，下面就是巨大的洞厅。洞厅小的约10米高，大的上百米高，经常有地下河，有时候是小溪，有时候是湍流。如果绳子不够，他们还

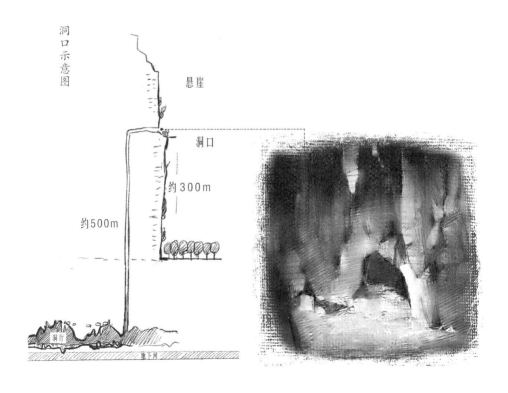

洞口示意图

悬崖

洞口

约300m

约500m

洞厅

地下河

得连续几天进去做绳桥。

我以为得花点钱，但那两个哥们儿直接就答应了。第二天，他们飞过来。杭州有他们的朋友，也要参与，还自告奋勇提供了所有人的装备，我这才知道他们是一个体系的。

很多搞短视频的探洞职业选手，都是受过专业训练的人或者是民间救援队的，他们各地都有朋友可以分享装备。

两兄弟，一个叫赵海龙，一个叫赵海仙。他们在这里的朋友不得了，叫作霞月，竟然是年轻的女孩子，而且不是那种假小子，是长发飘飘的温柔女性，但是就喜欢下洞，在洞里待的时间也超过几千小时了。

赵海龙是哥哥，就是我说的比较憨厚的那个，胆子最大；赵海仙的性格比较孤僻。在他们以往的视频里，赵海龙一路都在解说，赵海仙就在前面探路，经常一探就探出去五六百米。有时候两个人还在里面吵架，赵海龙说你这样还不如不探，死了我都不知道你在哪儿死的。

出发之前，我把大致的来龙去脉说了一遍，没想到，他们竟然都听说过当年的事情。

"这事在我们圈子里很有名，是十大谜案之一。"赵海龙说道，"要知道探险虽然危险，但是装备齐全的一队人几乎全军覆没，还是非常罕见的，所以这件事就变成了后来人一定会研究的案例，最大的谜团就是，不知道人死在了哪里。"

"怎么说？"我没想到还能从他们身上得到一些线索。

"因为并不是所有人都死了，有一个人活着出来了，按照惯例，那个人应该把他们遇险的位置说出来，让救援队伍可以及时救助。就算当时条件受限，无法前去营救，至少也应该知道那些人死在山里的哪个洞里吧，但什么信息都没有。"赵海龙继续说道，"听说，当时出来的那个人已经疯了，什么都说不清楚，所以他们那时到底去了哪个洞，遇到了什么事情，全都成了一个谜。"

"从洞里出来疯了，这种事情非常罕见吗？"

几个人面面相觑，赵海龙说道："人会崩溃，但没有那么容易疯的。如果是直接精神失常，那洞里肯定发生了什么事，我们猜应该是发生B类事件了。"

"B类事件？"我不懂他们的术语，于是催促赵海龙继续讲下去。

赵海龙说道："B类事件也叫作非逻辑性危险突发事件，这是一个只有在洞穴探险中才会用到的特殊术语，具体来说，就是洞穴中发生了大量逻辑颠倒而在洞外根本不可能发生的事情。我经历过一次，非常可怕，你想听吗？"

第
十
三
章

　　赵海龙犹如说八卦一样，讲述了他洞穴探险时遇到的离奇事件，尽管他的语气很轻松，但内容确实让我有些不安。

　　那还是他弟弟没有参与探险的时候发生的事情，他入行很早，当时是职业队的先锋，负责开线。

　　所谓开线，简单来说就是下悬崖，给整个队伍铺设第一条登山绳。

　　当时探洞的风险很大，做这个工作的，要么是机关单位里的救援部门，要么是狂热的爱好者，大家都有一个默契，那就是进洞之前，要写生死状。

　　生死状主要是声明，假如自己在探洞过程中死亡，其他人不用承担责任，并且专门有一栏对遗体处置的决定：是把尸体弃置于山洞之中，还是引火焚烧之后把骨灰带出来。而引火焚烧也需要条件，洞中如果有积柴，可以就地焚烧，如果只有少量的火源，那就只能焚烧一部分。

　　·那一次，他们在贵州的一个朱砂洞里做考察，在进洞第十天的时候，当他醒过来，就发现所有人都在寻找柴火，要做一个火堆子，他觉得很奇怪，就问领队："这是在做什么？"

领队告诉他，二子摔死了，他们准备把二子的尸体焚烧掉。二子是另一个先锋，他在生死状里写了如果自己死了，希望妈妈可以收到骨灰。

所有人的表情都很悲伤和肃穆，有几个女孩子哭得非常厉害。

赵海龙更加不解了，因为二子就在他们队伍里，还和他们一起捡柴火。其他人也都能看见二子，还和他交流。赵海龙觉得这是不是在开玩笑，或者是领队讲错了，就过去问二子到底是怎么回事。

二子看着他，说道："我摔死了。"

赵海龙非常迷惑，他觉得所有人都在耍他，于是一个人在那儿笑，一边笑一边说："你们干吗？这玩笑不吉利。"

但领队却过来安慰他，让他不要难过，二子确实摔死了，不要不相信现实。

如果这个时候，领队看不见二子，赵海龙就会认为这纯粹是闹鬼了，他看到的是二子的鬼魂，但问题是，在领队说完这句话之后，二子很自然地给他递了烟，他也很自然地接了过来。

赵海龙没再说话，因为整个队伍都很压抑，完全不像是在开玩笑的样子，所有人都能看见二子，但没人觉得奇怪。

当天下午，更离奇的事情发生了：二子和所有人告别，出去探路，然后真的在途中摔死了。

他们晚上才在100米深的垂直洞底部找到了二子血肉模糊的尸体，并进行了焚烧。

当晚睡觉前，赵海龙吃了几粒药，他觉得如果不是自己的精神不正常了，就是除了他之外，整支队伍中邪了。

结果到了第二天，他再说起这件事，所有人都说二子是上午摔死的，他们在下午焚烧了尸体，于是赵海龙和他们讲自己看到的情况，所有人都说是他的精神出问题了。

说到这里，赵海龙点了支烟，抽了一口，问我道："是不是听到这里，你也觉得比起所有人中邪，我自己出现问题的可能性更大？"

我点点头，觉得应该是类似于洞穴狭隘空间综合征之类的。

赵海龙接着说道："当时是有摄像师的，一路上的经历全部都被拍摄下来了，等我们出来对视频进行剪辑的时候，所有人都发现，这一天不正常。上面封锁了消息，整支队伍全都去做了精神检查。我的记忆没出错，当时确实发生了逻辑混乱的情况。"

"这就是 B 类事件？"

赵海龙点头："对，而且是我亲身经历的。那次还算是幸运，因为只持续了一天，我听说，有的 B 类事件能长达七八天，队伍出来之后，好几个人都精神分裂了。"

我仔细看了看赵海龙的表情，无法判断他说的是加工过的猎奇故事，还是真实事件。我之前也遇到过不可思议的情况，但在我说出来的时候，可能会再描述得不可思议一点，以讹传讹是人的本性。

赵海龙在一边拍了拍我，让我不要害怕，到目前为止，他也只遇到过这么一次，所以 B 类事件其实概率非常小。

"我曾经研究过，发生过这种 B 类事件的探险队伍，都有一个共同的特征，就是队伍的人数是 27。"他说道，"你说，这背后是不是有什么奥秘？你是写这类小说的，算是专家，给我们讲讲呗。"

我摇摇头，心说老子是写小说的，故事里的一切都是我虚构的，很多时候我甚至连资料都不查，根本说不出个所以然来。

赵海龙所讲的故事我并没有放在心上，毕竟在我们这一行，也发生过类似的传说故事，比如说"坝上多一人"事件。

那时我去参加作家年会，大家一起去坝上旅游，因为都不认识，所以窝在小旅馆借着打牌来熟悉彼此，当时好像也是 27 个人。结果发牌的时候，领队发现一连发了三轮都是 28 张牌，大家觉得奇怪，再试了一次之后，仍然多了一张，而且所有人都记得，在多的那张牌的位置上，有一个皮肤黝黑的人。当我们发现多了一个人之后，那个皮肤黝黑的人就消失了，再也没有出现过。

后来写推理小说的几个作家，都说是领队在搞鬼吓唬我们，而我也确实记得，当时队伍里有一个皮肤很黑的人。

但当我再去看出发时候的合影，却发现根本没有这个人。

这件事是作家圈里有名的灵异事件，后来这种事再没有发生过，那件事也就被归为由于群体缺氧所产生的幻觉。

第二天，我们四个人就去了虎嬉头，那山还挺大的，可能是莫干山的余脉。他们先爬上山顶，因为相对平缓，我也跟着上去了，便开始远眺打量四周的情况。

赵海龙就问我："会不会这个'圖'字，代表着当年这里有一个四合院建筑，现在都没了，这里发展太快了，所以我们再也解不开这个字谜了？"

我无法回答这个问题，虎嬉头山体也不像老虎，但当我眺望四周的景色，便意识到自己应该猜对了。

虽然站在这个高度很难看到，但这个时代是有卫星图的，我立刻打开手机里的卫星图寻找线索，结果发现虎嬉头上方的分水江的江水走势形似狂草的"幻"字。这个几乎不容我再怀疑下去了。如果把虎嬉头上方处的分水江和虎嬉头的山头连成一条直线，那么这条直线的延长线会一路连接到桐庐县城。所以那个"圈"字，应该指一个城围，也就是桐庐城。

三个点全部都在一条直线上，而骷髅代表方向，那么这个画谜中所隐藏的路线其实就是从桐庐城出发，经过虎嬉头，沿着分水江继续往前。

"这范围也太大了。"赵海龙有些怀疑，"靠谱吗？"

"我来之前查过相关的资料，我们顺着这条线一直往前，走到尽头有一座山，山上有一个寺庙，叫白龙寺。等我们到了那个地方，也许就能看到进一步的线索。"我说道。

于是一行人马不停蹄，立刻驱车到了白龙寺附近，找了一处高地，赵海龙三两下爬上了一块特别高的野山石，接着我们就听到他在上面兴奋地大叫起来。我们被他一一拉了上去，山石外侧就是悬崖，视野开阔，我看到前方有一座极像骷髅的丘陵。

并且不单单是一个头骨，而是整具人骨，那座山体的沟壑犹如一具死去的尸体，而尸体指向的方向，是一条山谷。

我不由得跪了下来，解谜成功的巨大喜悦充斥着我的大脑，我放声大笑起来，其他人也全都是一脸不可置信的兴奋。

接着，赵海龙从我们所在的这个悬崖徒手攀爬下去，朝那个山谷冲去，他弟弟没有拦他，显然他经常干这样的事情。

我们在上面等他，一路的奔波让所有人都筋疲力尽，谁也没有说话，我脑子里乱成一团，不断闪过无数的念头。大概两个小时之后，我们收到了他发在群里的照片，照片中是深入山谷约 3 千米的景色。

我拿出第二幅山水画，和他拍的照片进行对比，发现那个达人说得没错，顺着山谷走是正确的方向，因为第二幅山水画上的山谷和照片上的显然是同一个地方，只不过在山水画上少了一座山，那座山很怪，顶上有一块光秃秃的石头，这说明留白的猜想也是正确的。

我们彻底解开了画谜。

那天晚上，我一夜无眠，看着天花板。

我情绪极度复杂，难以言明。

我们进山后看到的景象能和《骷髅幻戏图》之后的第一幅山水画对应，表明这张地图是有效的。

所以，这不会是一个玩笑，肯定是个真事。

我要进山吗？如果进山只是白忙一场，也就罢了；如果真的有进入虚空层的入口呢，我进去吗？

以我写的小说的风格，我是肯定要进去的，但我忽然意识到我是个叶公，根本没勇气去面对我小说里的情景。

即使是赵家兄弟拍摄的探险视频里的那些经历，有些我都不敢去亲身体验，看看倒是挺爽的。

另外就是，我这么做合法吗？我到底算是私探还是个人英雄主义呢？我是不是需要更多的调研、更多的审批？

脑子里乱成一团。

早上，手机收到了赵海龙和霞月的消息，内容都是不能抛下他们，以及鼓励我的话。他们肯定是兴奋的，对于做自媒体的人来说，这样的开始，是个很大的热点。

早上9点多的时候，我终于睡着了，做了无数个梦，到了晚上8点才醒了过来。稍微清醒一点后，我开始给自己列表格，这是清空我大脑的方式，我记忆力太好，脑子没法自己清空。

然后我上了自己的车，去上海，去见陈之垚！我要告诉他我解开了画谜，然后，我还要再问问他，我应该怎么办。

我还是逃避了，打算把决定权交给别人。

但当我到陈之垚家里的时候，我看到了一个灵堂，而且是一个已经拆掉的灵堂。

他的女儿告诉我，上个礼拜陈之垚的病情忽然恶化，然后就去世了。现在遗体已经被火化，追悼会都结束了。

我并不在邀请名单里。

那天晚上，我失魂落魄地走在上海的路上。我能理解，对他来说，我只是个牌友，这件事情在他生命的最后，应该早就没那么重要了。

我约了之前几个牌友出来，晚上通宵打麻将纪念他。还是那么几个人，在同一个麻将馆，我们泡了茶，放在旁边的桌上，就当他还在。

牌友们平时都有自己的事业，有几个自己还写写诗歌什么的，当晚有一个词语出现的频率非常高：无常。

我打着麻将，慢慢地意识到，我自己可控的一成不变的人生，其实和去深山寻找一个奇怪的地下空腔，完全没有区别，一样都是无常。我知道其实自己害怕的是可预见的无常，而人生中却全是不可预见的无常。

你说不出哪一种更可怕。

我心中生出了另外一种恐惧来，害怕我没有去，而这一切在我的人生中完全错失掉，这种恐惧最终让我下定了决心。

我要去探险了，我要去过小说里所写的生活了，目标：浙江地下的地质虚空层。

第十四章

　　剩下的事情就相对简单了，我先简单整理了自己之前收集到的所有信息。

　　首先是一个名叫宋松的奇怪古董商，他有一块奇怪的良渚玉器原石，并宣称自己知道良渚玉矿的所在，就在浙江地下的虚空层里。进入虚空层的地图，我已经破译了，可以直接按计划前去探险。

　　这是整个事件里最简单清晰的部分。

　　其次是宋松这个人的行为非常奇怪，在他老婆的叙述里，那块良渚玉器原石，似乎有某种意识，不仅可以和宋松沟通，还能自己移动，并且它似乎非常需要宋松夫妻尽快生一个孩子。最后，宋松在老婆孩子和原石之间，选择了老婆孩子，并用了某种办法，把这块原石送回到了地下。

　　这件事情的代价，就是宋松组织的队伍人员除他之外全部失踪，他自己也疯了，最终选择了自杀。

与第一个故事相比，这个故事就像聊斋一样，让人难以相信。

在解开画谜的第二天，我仔细阅读了陈之垚第三本笔记里的内容。

如果陈之垚没有解开画谜，那他后面记录的所有内容，其实都是没什么价值的，因为他只能选择周边的方向，继续调查下去。所以第三本笔记风格大变，记录的基本上是浙江的民间传说，多数是和洞穴有关。

我读完之后，把这些笔记本封存好，找了个靠谱的人帮我保存，自己也写了一些 Tips 放在里面，假如我有什么意外，这个故事依然可以流传下去。

接下去，我慢慢冷静下来，开始思考自己应该怎么做。

如果是正规探险，肯定不只有业余的探险主播组队，应该还有地质等相关方面的专家参与，并且得到有关单位的批准。

既然要做，就做到最安全、最稳妥，也最合理。

我开始给各个大学和单位写信。我知道相信这件事情的人不会太多，很多专家也有自己的事情要做，但我言辞恳切，被拒绝了也厚着脸皮再次恳求。我在信里阐明了我的态度：我可以负担整个成本，但希望有关单位可以主持这次探险。而且如果深入溶洞，还有一个生态保护的问题，假如下面是钟乳石岩洞，那这些石头都是无价之宝，需要老资格的专家参与，我们才可能知道正确的保护方法。

得到肯定的答复后，准备工作持续了两周左右。我们在我的写作工作室里开了第一个会议，除了赵海龙兄弟和霞月三个人之外，还来了一位当地民间洞穴救援队的领导，主要负责救援队的训练，网名叫作"腰果哥"。腰果哥表示，他对我们的探险目的兴趣不大，主要是担心我们的安危，所以参与一下。他可以事先训练我们，同时在我们下去的时候，让洞穴救援的队伍随时待命。

这样等于我们在探险的时候，还会有一支备用队伍在洞口等我们，这让我有了不少安全感。

也正是因为他的存在，才说服了其他两位专家加入。一位是 53 岁的某地质大学的夏民教授，他认为那种虚空是不太可能和地面相连的，但他觉得可以进浙江的岩洞里看一看。另外一位就是研究良渚文化方面的退休专家罗子桑，他其实是领队，权力最大，如果真有什么发现，那么他会主持下一步的工作。虽然已经退休，但罗子桑看上去只有 40 多岁，我能看得出这个人经历应该不简单。他还带了一个他曾经的学生沈汤，是个 27 岁的女学者。

我们择日启程，当天就来到了白龙寺。在次日早上六七点的时候，我们从那个山坳出发，一路走进了浙江的深山里。抬眼望去，山脉连绵，高高低低的树和灌木形成了厚厚的一层绿障，完全不见山的真实样子。

这一段离奇的冒险，就这样正式展开了。

出发的时候，霞月特地带了一本《地心游记》，说要在折返点拍照，然后发到抖音上。

大家都以为这一场旅途就像赵海龙兄弟的短视频节目那样，只是一次简单的探洞，或者像《地心游记》里描述的那样，是一场有趣的旅行，所有人都没有意识到在前方等着我们的，会是多么神奇的际遇。

一路无话，我们从野山进入，顺着地图所指的路线穿行，不久之后就完全进入了浙江的深山之中。在进山之前，我根本不知道，浙江的山竟然可以这么深、这么野，显然之前我对山的认知只不过是一知半解。

第十五章

我们各自背着 20 千克重的装备走在山里，最开始的六个小时，路上是铺有石头台阶的，但到后面就变成了古山道，地上都是非常老的石头，长满了青苔。这些青石板据说最早能追溯到唐代，中间的石头缝里已经长满了草。整整一天，我们都没有离开过山道。这条路时不时会消失，有部分被常年的落叶和大雨冲刷下来的泥土埋到地下去了，到了地势高的地方又会重新出现。但可以明显感觉到，这里已经很久很久没有人走过了。

我们一路上时不时会聊一会儿天，以缓解疲劳，他们对我的故事没兴趣，只是希望可以多了解一下浙江的溶洞，对于我的理由，他们不置可否。

"希望你是对的吧。"沈汤比较开朗，和我说，"即使是错的，有这样的想象也是好的。"

但我能从她的表情看出，她几乎不相信这件事情。

赵海龙则深信不疑，他觉得这一次大家都会功成名就，一路都在琢磨业务："你说有十九层的玉琮，如果按照我的专业理解，可能在洞内的路途中会有十九个断崖。还有，一定要记住，吃饭的时候必须洗手消毒。"

"为什么？"我问道。

"洞里可能有超级细菌，很多山洞深处的细菌，会引发感染。我有一个朋友从洞里出来后全身都被感染了，治了三年都没治好。"他说道，"越往深的地方，越要小心。"

我点点头，就开玩笑问他："洞里会有怪兽吗？就是我小说里写的那种。"

赵海龙摇摇头："没有，但是会有怪人。我以前探洞的时候，发现在洞的深处住着一家人，差点被吓死。对了，夏民教授，你以前探险的时候，有没有什么好玩的事情？和大家分享一下呗。"

夏民回头看了看我，说："没什么好说的，我经历的探险基本上都是又壮观又顺利。如果一定要说，那我只能说，这一次探索也许会有一些收获，但绝对不可能是在虚空层找到良渚玉矿。我希望投资人现在可以再重新考虑一下。"

大家大笑起来，以为夏民是在开玩笑，夏民则像看亏本的投资人一样看着我们。

"我心态很好。"我对夏民说，"教授，我最主要还是希望这是对陈之垚教授的一次纪念，没有收获也没关系。"

"你们年轻人搞行为艺术我不懂，但谁的钱也不是大风刮来的，这钱是纯浪费，投入和产出的学术成果不会匹配。"夏民说道。

"我觉得就算有一点可能性，也应该尝试一下，至少可做一个反面教材。"

"一点可能也不会有的。"夏民说道，他拿出一支烟，只是放在鼻子下闻，但没有点——他是个有名的烟鬼——然后叹气，"我知道我说了也是白说，如果你们一定要去，一定要明白，地质资源不容破坏。我们这一次，重中之重就是保护。也许我们进入的地方，在我们离开之后再也不会有人进入，但每一块钟乳石，每一厘米都要上百年才能形成，能不碰就不要碰。"

我们都纷纷点头，见大家都很赞同他，夏民的话匣子就打开了，讲了他之前几次大型洞穴勘探的经历，他每次在地下一待就是几个月，而且队伍都是国际性的，几十人的混合编队，有德国人、丹麦人、冰岛人……说着多种语言。相较之下，我们的队伍显得真的像春游一样。

"虽然不可能进入虚空层，但如果能够对浙江的野生溶洞进行摸底，也是有价值的。所以我才来，一方面监督你们，另一方面要有人教你们洞穴探险的国际标准纪律，最重要的是不要着急。我看了几位UP主探洞的那些视频，安全方面还是过于自信了。"

"为什么不可能进入虚空层？"赵海龙问。

"地球由内到外，有地核、地幔和地壳三层。地壳有薄有厚，最厚的地方达70千米左右，在我国青藏高原；薄的地方一般在大洋中的海底山谷处，最薄的地方位于西太平洋马里亚纳群岛以东的深海海沟。"他侃侃而谈，"地壳往下是地幔。知道什么是软流圈吗？"

"岩浆吗？"赵海龙问。

"不全对。"夏民说，"软流圈在地幔上部，在这里，温度已经

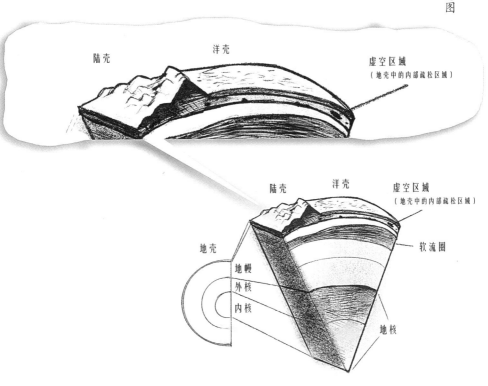

高达 1300℃左右了，接近岩石融化的温度。所以在这里，岩石中的一部分物质就软化了，形成了芝麻糊一样的状态，我们的地壳就漂浮在这一层'芝麻糊'上。我们来看一下你们所谓的虚空层在哪里。虚空层理论上是一个关于地质的科学理论，它不是一个文学理论，你们不能认为虚空层有个'空'字，它就是一个空腔，多层空腔更不可能。如果地壳中有虚空层，里面一定充满了液体。如果我们说地壳平均有20千米的厚度，你们说虚空层所在的深度是多少？"

和上课一样，到这种时候，不会有人举手。

赵海龙心不在焉，此时和霞月轻声说道："这怎么不是岩浆？《我的世界》里就是这样，挖到最后就会出现岩浆。"忽然发现大家都看着他，就不说话了。

夏民继续说道："做过施工的人都知道，地下 300 米左右开始——这个 300 米左右是根据地质岩层情况的一个普遍标准——每往下 100米，气温会上升 2—3℃。也就是到了地下 500 米，就要比 300 米的地方高 4—6℃。就算是最好的情况，世界上最深的金矿到达了 4000 多米深的地下，当地地质条件特殊，温度只有 70℃左右，也需要巨大的通风设备和冰浆降温技术。所以这个虚空层稍微深一点，我们就根本无法到达。"

"会热死吗？"

"会热死，因为热死人不用 100℃，只要超过 40℃，我们这个小团队就基本无法工作了。"

我其实知道这个知识，只是不知道极限竟然那么低。但不知道为什么，我心里也松了一口气，如果下不了多深，就不算太危险。《地心游记》这本小说里，主人公也有这个疑虑，但是他们最终还是到达了地心，我忘记作家最后是怎么处理这个 bug 的了。大家也都不说话了，数据面前人人平等，夏民用初级知识直接打败了赵海龙。

沈汤看向罗子桑，我现在十分确定她不想去，在想办法搞黄这事，因为一路上她已经挑了好几次事了。

罗子桑很安静地听完了全程，但是没有接话。我问他要不要也说几句，他道："我在看到现实证据之前，都会保持缄默状态，大家可以当我是朋友，可以随意问我知识，但我自己没有什么想发言的。"

这时，前面探路的赵海仙忽然打了一个呼哨，所有人都没有反应过来，但是赵海龙和他弟弟有默契，立刻做了一个动作。之前我们训练过，知道这个动作代表着前面有危险，所有人立即停下来。

"怎么了？"我问赵海龙。

"野猪。"他说道。

"我们要打野猪吗？但野猪是不是保护动物？"我下意识问道。

赵海龙像看傻子一样看着我："你还想吃野味，野猪今天也想吃野味。"

话音刚落，就看到赵海仙跑回来，迅速爬上一边的树，对我们大叫："跑！"

我知道野猪是一种警惕性很高的动物，人在野外遇到会十分危险。但我们人也不算少，应该可以吓跑野猪吧。

紧接着，从灌木里冲出来十几头野猪，个头非常大，我首先想的是，浙江的生态居然好到这种地步了！念头未落就发现野猪朝我们疯狂地冲了过来。

所有人条件反射般转身就跑。这些野猪中还有好多小猪，个头只有狗子大小。所有的野猪疯了似的狂叫着冲过来，队伍一下子就被冲散了，大家都十分狼狈，有摔进灌木里的，有爬上树的，还有跳进旁边小溪里的。

这些野猪形体庞大，獠牙非常尖锐，幸亏我出发之前特意锻炼了一段时间，身体还算灵活，勉强躲过了一头野猪的冲撞。那头野猪撞到我身后的树上，碗口粗的树直接被撞断了。这时我才意识到，这是真的有丧命的危险。

这附近有很多大石头，我爬到一块石头上，想看看有没有人受伤了，没想到那野猪直接跳上了石头，猪的弹跳力居然这么好！

我只好跳下去继续逃命，一边跑一边眼疾手快地选了一块最高的石头爬上去，这下野猪跳不上来了，但我也几乎虚脱，浑身是汗，裤子都跑开了裆。我再去看其他人，只见大家都找到了躲藏的地方，有的爬到了树上，有的爬上了高处的石头，剩下的则找了隐蔽的地方躲了起来。野猪一时间找不到攻击的对象，干脆在这块区域围成了一个圈圈。

赵海龙躲在一棵树上，对我们喊道："我们入侵野猪的领地了，不把我们弄死，它们是不会走的。看样子它们是一家子，公猪还没出来呢！"

我没听清楚，就问他："野猪里还有公主？"

"是啊，找你当驸马。"赵海龙有些怒了。

罗子桑在另一边大声问道："没有人受伤吧？"

我仔细观察了一圈，躲着的人不敢出声，也不知道他们的情况，我猜应该是老夏他们，因为他年纪大，身手又不灵活，没办法爬上爬下，不过霞月在照顾他，应该没什么事。其他能看见的人，都表示还行。

"平缓心率。"罗子桑说道，"如果它们不走，我们还得继续跑。"

"我绝对不下来！"赵海龙喊道，"公猪还没出来呢，你看看它们的个头，公猪的体形一般是母猪的两倍。"

那不是跟河马那么大了？这简直就是宫崎骏动画里的山神了啊！

他们还没说完，只听到一声极其凄烈的猪叫声传来，接着一个庞然大物从远处的灌木里走出来，就是赵海龙所说的那头公猪。

如果不是亲眼所见，我简直不敢相信。那东西太吓人了，仿佛是一幢能动的房子，鬃毛耸天，威风凛凛，脸上全是伤疤。它只走了几步，就朝着夏民他们躲的位置冲了过去。

夏民一看情况不对，和霞月两个人起身就跑，那公猪冲过来的动静非常大，仿佛整个大地都和它一起震动了。

我大叫道："来我这里！我这里最高！"

但公猪巨大的身躯迅速逼近两人身后，眼看这两个人就要命丧于此，千钧一发之际，赵海仙冲出来，挡在两个人身前，然后迅速往公猪面前扔了一个东西。

那东西几乎在扔出的同时就爆炸了，竟然是一个"二踢脚"。巨大的爆炸声吓得公猪猝不及防，身子转了个弯，摔倒在地。赵海仙紧接着又掏出一个"二踢脚"，点燃之后丢向公猪。

又一声巨响后，公猪彻底蒙了，赵海仙立刻回头就跑。

夏民和霞月已经跑到我所在的石头下面，我把他们一一拉了上来。刚一抬头就看到赵海仙也狂奔而来，身后是穷追不舍的公猪。他们的距离太近了，就在公猪快要顶到赵海仙后背的时候，赵海仙忽然一个三两步借力，快速爬上了一棵粗壮的大树。公猪来不及刹车，一头撞在树上，晕了过去。

所有人都劫后余生般不住地喘气，刚才这一幕太惊心动魄了，只听夏民在我身旁说道："谁让他带'二踢脚'进林子的，会引发山火的。"我看了他一眼，他似乎也发觉自己的发言不合适，有些尴尬地笑了笑。

猪群一看公猪撞晕了，纷纷四散奔逃，只留下公猪躺在那里。

我们跳下来，来到这头巨大的动物身旁。近看更是骇人，没想到浙江的深山里竟然有这样的猛兽，估计生态继续恢复下去，就会有职业猎人进山控制野猪的数量了。

"我们得赶紧离开这里。"赵海仙和我们说道，"如果这头猪醒了，自己就能把我们全杀了。"

"这种东西，我们就不直接杀了它为民除害吗？"沈汤心有余悸地问道。

"不能杀，它们是生态链中很重要的一环，听说这是二级保护动物。"夏民说道。

我们面面相觑，赵海仙不再和我们啰唆，制止了还在不停拍照的赵海龙，对我们道："赶紧小跑前进，这里是它们的地盘，离开之后就安全了。"

我们一行人开始行动起来，说是小跑，其实算是大跑，夏民临走时还仔细检查了那两个"二踢脚"有没有火星残留，非常谨慎。

在山谷里跑，需要绕过灌木、爬过藤蔓、穿行于碎石间，还要蹚水，体力消耗非常大。也不知道跑了多久，直到天色渐黑，赵海仙的速度才终于慢了下来，对我们说："就在这里休息吧。"

我们这才看到，前面的山谷中有一座废弃的民居。

但当我们走近的时候，发现不止一座民居，这是一个废弃的村子。屋子都是用很老的黄色夯土垒的墙壁，到处都是灌木和野草，离得稍微远一点的，就被完全埋没在山中。

我们也确实跑不动了，尽管那些废弃的残垣破壁看上去有些阴森可怖，但比起冒着被野猪袭击的危险在外面搭帐篷露营，还是这里更安全。

我们进入其中一间屋内，里面竟然还有一些老家具。我们稍微做了一下清理，在地上铺上防水毯，所有人立刻瘫倒在地，松了一口气。这时候，我看到霞月的手受伤了，破了很长一道口子，应该是被灌木划破的。接着我发现所有人，包括我自己在内，脸上都有细小的伤口，应该是在匆忙赶路的时候，被旁边的树枝划到的。这些伤口被汗水浸泡之后，有些刺痛又有些痒。

这间屋子以前应该是谷仓，专门用来放农具和堆稻谷的，所以相对比较干燥。赵海仙休息了片刻，就示意他哥起来，两人分头行动，他检查房子的顶部是否坚固，他哥则开始生火。

火生起来之后，安全感也随之上升，所有人也慢慢从刚才的狼狈中缓了过来，霞月看着我问道："和你写的小说比如何？"

"不够看。"我嘴硬，"在我的小说里，必须是狼群或者老虎，最次也是熊，被猪追属于掉分项目。"

"你拉倒吧，这种个头的野猪，连老虎都打不过。"赵海龙在一边拆我的台。

我看了一下老夏，老头累得够呛，直接躺在那里睡着了。我有点担心，上前摸了摸他的全身，大致检查了一下，才发现他竟然是我们这里受伤最少的人，估计是个福将。

我刚检查完他就醒了过来，浑身打了个激灵，应该是被我吓了一跳。我急忙安慰他道："您继续休息，等吃饭的时候我叫您。"

他虚弱地点了点头，又闭上了眼睛。我叮嘱霞月待会儿煮点粥喝，老头今天可能吃不了太油腻的东西。

所有人把灯陆续打开，都是非常省电的夜灯。忽然，罗子桑看向屋子最里面的那面墙，我们也随着他的目光看去，发现那面墙壁上似乎画着什么东西，用的还是红色的颜料，夜里看着非常吓人。

我走过去想仔细看看，但很快我就发现，那不是画，而是墙壁上塌出来的一个大洞，一张巨大的野猪脸就在那个洞的后面，满脸是血地怒视着我们。

"我去。"我吓得打了个哆嗦，这正是刚才那头巨大的公猪。

我话音未落，公猪猛地往前一拱，想从那个洞冲进来攻击我们，但那个洞不够大，它卡在洞口进不来，发出凄厉的叫声。

这是来找我们寻仇了！

它忽然又把头从洞里拔出去，开始一边叫一边围着房子转圈。所有人都吓呆了，赵海仙竖起一个手指放嘴巴前，示意我们不要说话，然后把火炉踢到了门口。

公猪围着房子转了一圈，来到了门口，透过火光能看到那次撞树让它受了很重的伤，猪脸已经开花，还有苍蝇在不停地围着伤口飞。

那张脸太大了，扭曲得犹如一个恶鬼。

所有人静静地看着那头巨大的公猪，公猪则看着我们和面前的火焰。接着，它低下头，把火炉顶到一边，然后缓缓地走了进来。

它巨大的身体几乎填满了整个房间，眼睛死死盯着赵海仙，显然还记得它的仇人。

"把手勾在一起。"赵海仙缓缓地说道，然后把手伸向我。

我会意，和他两手相勾，他哥哥同时勾住了他另外一只手，补充道："野生动物是否发起攻击，关键在于对方的体形，我们需要聚集起来，让它以为我们的体形比它大。"

罗子桑移到赵海仙的身后，把自己的手从他两边的胳肢窝里穿进去，这样我们看上去仿佛是一个多手多头的怪物。

但野猪毫无反应，沈汤低声问道："装死有用吗？"

"野猪食腐。"罗子桑说道。

霞月也加入了我们，不过霞月又说："猛兽都敢于对体形比自己大的生物下手，特别是野猪，所以很多情况下，让它们疑惑会更有用。我之前看过一个纪录片，一只青蛙追着一头狮子跑，因为狮子没见过青蛙，不敢攻击它。"

"没用，它记得人的气味。"赵海仙说道，"我们现在先迷惑它，拖延它发起攻击的时间，我们现在的体形可以暂时遮盖它的视线范围。接下来，沈汤先从后面的洞里钻出去，夏教授第二个走，之后是霞月，然后是老板，我和我哥殿后。"

"你们要牺牲自己？"我惊讶道。

"我们两个都带着匕首，人和动物搏斗未必会输，不过大概率会残疾。"赵海仙说道。

那野猪没有继续靠近，但能看出它有些不耐烦了。野猪这种动物性格非常冲动，它鼻孔中的喘气声开始变粗，一股恶臭弥漫开来，野猪开始向我们逼近，我的血压已经快冲破天灵盖了。

沈汤开始执行赵海仙的策略，我们移动身体，给他们做掩护。

轮到我的时候，赵海仙叮嘱道："你一动，我们的形态就变了，野猪会以为我们要进攻，立刻就会冲过来，所以你的速度一定要快。"

我摇摇头，说道："我不走。"

"你得活着，否则谁赔我们钱？"

我苦笑一下，刚想回答，野猪忽然对我们发起了进攻。赵海仙首先发难，大吼了一声，没想到竟然把野猪吼得往后退一下，我也被吓得大叫起来。这时，霞月悄悄出现在野猪身后——她出去之后又绕了过来。只见她毫不犹豫地冲进来，抄起炉子，把里面的液体酒精连同火全倒在野猪身上。

鬃毛顿时燃烧起来，野猪被烫得大叫着往前冲，我们立刻松开手，化整为零。它从我们中间冲了过去，撞到了后面的墙上。我也不知道哪里来的勇气，上去对着猪的睾丸就是一脚。

野猪惨叫着，完全失去了方向感，一转身把我几乎撞飞，幸亏赵海仙及时拽住我，我才幸免于撞到墙上，反而是野猪在撞了两三次墙后，夺门而逃。

所有人目瞪口呆地看着我，我此时也后知后觉自己刚才几乎和死神擦肩而过，赵海仙赞许地拍了拍我的肩膀："不愧是老板，为了不赔钱，直接脚踢公猪。"

"公的嘛，就这么个弱点。"我语无伦次，觉得自己几乎快尿出来了。

我们一身冷汗地走出去，霞月过来抱了我一下，我也用力回抱了她一下，真是救命之恩了。

　　我们远远望着野猪逃跑的方向，只见一条火光快速冲向远处，很快就熄灭了，夏民紧张地说道："如果森林着火，牢底要坐穿的啊！"

　　"我们这是紧急避险啊，应该没罪吧。"

　　"卫星电话给我，我通知林业局的人来这里监控。"夏民一边说着一边直摇头，"这野猪怎么那么记仇呢？这个时代连野猪都浮躁。"

　　"它还会回来吗？"我问赵海仙。赵海仙苦笑一声，没回答我。我发现他一直看着屋子里，似乎又发现了什么，接着他直接往屋里走去，我立即跟了上去。只见刚才被野猪撞过的墙壁上出现了一个大洞，通往隔壁的房间。隔壁房间的所有门窗都被木板和红砖封死了，完全是个盲盒，没想到竟然被野猪撞出一个通道来。而此时，那个洞口的后面，有一双青绿色的脚站在那儿。

第十六章

霞月看我们站在那里发呆，也好奇地走了过来。

经过这几次巨变，我的脑子已经不太清醒了。这个房间没有任何入口，怎么会有一双青绿色的脚站在那儿？野猪袭击还伴生闹鬼事件吗？

霞月顺着我们的目光看去，说道："这不是沈汤的鞋吗？你们两个大男人盯着人家的脚看那么起劲干什么？"

我愣了一下，接着青绿色脚的主人俯下身子，从那个洞里钻出来，真的是沈汤，原来她不知道什么时候爬到洞里去了。因为我们夜灯的灯光是冷光，所以照出来的所有东西都泛着一层青绿色。

我和赵海仙对视了一眼，都有点尴尬。为了缓解气氛，我立即道："你不来安慰安慰我们，爬对面去干什么？"

"我和霞月商量好了，她绕到后方，我从侧面分散野猪的注意力，我是拆了窗户上的木封条进来的，才不是从这个洞进来的，好心当成驴肝肺。"

我更加不好意思了，但沈汤很快又说道："不过你们也得进来了，这个房间里有一些东西，你们得来看看。"

我和赵海仙又对视了一眼，立刻蹲着钻了进去。隔壁房间应该也是谷仓，里面空空如也，但墙壁上画满了东西。

"这是涂鸦吗？"很多人有时候会在这种废墟里用喷漆涂鸦。

"你们来看，这些内容是不是和宋松的那支探险队有关？"沈汤说道。

我用手电去照墙壁，看到上面涂着很多笔迹不同的"×××到此一游"的字样，还画了一些酒瓶之类的图案，看样子应该是喝醉后写下来的，有一些是用炭写的，可能是篝火烧完之后的炭，还有一些是刻上去的。这座房子的年代非常久远了，但是否久远到宋松那个年代，实在不好说，况且我也没有关于这些名字的资料。

但让我非常在意的是，在这些名字中间，有人画了一个奇怪的东西。

那应该是一块石头。

沈汤应该就是让我来看这个，她和我的想法一样，怀疑这些涂鸦是当时宋松的队伍留下的。

"喝醉之后把队伍中一个标志性的东西画到墙壁上，倒也正常，毕竟带着一块石头进山，所有人都会觉得很奇怪。"我说道，"但这个图案是不是真的代表着一块石头，还是说，这只是流浪汉画的一个不规则涂鸦，还有待确认。"

赵海龙此刻也进来了，他摸着下巴看着这些留言，忽然露出了非常恐惧的表情。

我们都不解地看向他，意思是有屁快放。

他指着墙壁说道："这个队伍的人，加上这块石头，正好是 27 个，这个数字不吉利。"

沈汤就骂他迷信，看来"27"这个数字在探险行业里，确实是一个禁忌。当我再次仔细看那块石头图形的时候，发现石头上浅浅地刻了一对眼睛，要靠得很近才能看到。

那眼睛画得非常鬼魅，使得那块石头看上去就像一个妖怪一样。

第
十
七
章

　　我们当晚依然在先前的房间里休息，并且在附近找了一些砖头，封住了几个可能的进口，还加固了边边角角不牢固的地方，所以睡得还算安稳。

　　那头野猪王没有再回来。

　　第二天出发之前，我把墙壁上的涂鸦和刻字都拍了下来，留作资料。赵海龙则点了几根香烟祭拜四方土地，祈祷不要再遇到野猪了，当然，香烟最后也在夏民的监督下就地完全熄灭。

　　一路走来非常顺畅，地图的指引很准确，正如那个达人所说，这张地图非常好用，我们经过第三幅画所画的山谷后，继续按照指示往正确的方向前进。一切似乎都在佐证宋松那段经历的真实性，但仍旧没有人敢下定论，我们会在终点发现良渚的玉矿。

　　又走了一段后，我们竟然从野山走了出来，手机也开始有信号了。

　　毕竟是浙江，在山中走，只要走到山顶，就一定能看到远处有建筑，有时候是军事雷达基地，有时候是村子，有时候是监狱和管教所，这里的山区其实是被人类文明紧紧包围的山区。

赵海龙路过一个村子的时候，买了一种喷雾，据说这是野猪特别讨厌的味道。如果偶遇野猪，可以喷这种东西将其赶走。

走过了这一段，又重新进到了野路，便开始不停遇到蛇，都藏在枯叶中。平时在杭州的景区也会见到蛇，但大多是小蛇。到这里看到的蛇都有1米多长，非常粗大，大多数是绿头花身子。第一次看到的时候，罗子桑教授蹲下来想去抓，但是没有抓住，看得出，他完全不害怕而且动作熟练。

他告诉我们，这种蛇叫菜花原矛头蝮，在浙江有点历史了。按道理，这种蛇出现的地方海拔都很高，这些丘陵其实不适合这种蛇生活，但无奈这里环境优良，食物太丰富了。

这蛇在民间臭名昭著，属于剧毒蛇。但是我们一路看到的真的菜花原矛头蝮只有一条，其他的都是很像它的无毒蛇。蛇多，就说明野猪少，因为蛇是野猪的主要食物。

"这里的草太高了，还是要注意蛇，浙江有五十余种蛇，蝮蛇和眼镜蛇都很多，被咬一口虽然可以叫医院的直升机过来救命，但弄不好很容易肢体坏死，导致截肢。"罗子桑说道。

"浙江还有眼镜蛇？"我听了瞠目结舌。

"没见过，对吧？还有眼镜王蛇，3米多长。"罗子桑露出了自己的左小腿，我这才发现他的左小腿是一根钢杆。

是假肢。

他朝我挤挤眼，然后把裤管放下了。显然其他人也都不知道，也是第一次看到，都惊呆了。

"做野外研究，风险很大。"他感叹道。

"这是怎么弄的？"我有点被震撼到了，因为之前被野猪追赶的时候，完全看不出他是残疾人。

他叹了口气："眼镜王蛇，救治不及时。大概有4米多长，我没见过那么大的蛇，以为是一根树枝，第一口咬在我手上，第二口咬在我脚上，手保住了。"

我愣住了，他看我不说话，说道："放心，我之后进山洞，攀岩都没有问题。这东西没有原装的方便，但知道了窍门，其实也挺好用的。"

到了晚上，蚊子明显多起来了，特别是一种特别细小的吸血虫子，防不胜防，我们带的所有防虫喷雾对其都无效。

除了赵海龙兄弟，所有人都开始放下裤腿，夏民则开始觉得，罗子桑其实不应该和我们同行，这会增加进入洞穴的隐患。他一直在打电话——可惜到了这里，三大服务商又没有信号了，他只能用我的卫星电话给他的单位打电话。我偷听了一下，觉得他是想找单位来施加压力，这样就可以让罗子桑不用下洞。他始终认为这件事情风险过大，谁都负不起责任。

最后应该是失败了，他就过来告诉我，这件事情如果要有负责人，那就是我。他的语气里带着一丝威胁，我也只能打哈哈敷衍过去。

我本以为经历了野猪事件，队伍的友谊会像铁板一样坚实，但如今看来并不是这样。

我也记不清是到了第四幅还是第五幅画所示的山谷时，又发生了一件怪事。这件怪事的发生让我意识到，我们已经十分接近目的地了。

当天下午，我们走到了古石道的尽头，前方再也没有道路，只剩下淹没膝盖的灌木。此处是两座丘陵之间的山谷，山谷中有溪水流过，树木高大，遮天蔽日。

浙江的大树都是那种不粗但是特别高的品种，樟科的树上挂着藤蔓。这些藤蔓在这里几乎开始阻碍我们行进，我们开始了真正的野山作业。

我展开地标图，大家围过来。透过树的缝隙，我们依稀能看到前面的丘陵山势和地标图上是一样的，而地标图上留白的地方，是一座矮山。矮山把山谷分成了左右两条路，那骷髅就在留白地方的左侧，也就是说要走左边。

我们努力走过去，矮山非常奇怪，山上的树特别矮小，和四周丘陵上的树比起来，有点发育不良的样子。夏民告诉我们，这是因为这座山的土层特别薄，所以树长不高，说明这山下面是岩骨，这山的年纪比较轻。

我们在那个山包上休息的时候，天空中还有民航飞过，让我们感慨如今这个人类社会的神奇。这天晚上非常和谐，赵海龙带了酒来，我们开出安全火线，用炉子做饭，晚饭就着罐头，气氛很好。

太多的虫子让沈汤变得沉默寡言，其实她如果真的不愿意继续，往前走肯定还能路过民居，完全可以在那些地方离队。但我发现她虽然经常抱怨，行为上倒是没有要退缩的样子，还是让人有点佩服的。

而腰果哥则一直在打卫星电话，业务非常繁忙。他在丛林中表现出来一种游刃有余的状态，和谁都不是一挂的，但和谁关系都还不错。

当天晚上，气温下降，山谷里还有清澈的溪水，女的怎么处理的我不知道，男的都洗了澡，当晚睡了一个好觉。

就这样，很快我们入山已经四天了，大概走到了天目山山脉。我们进入了很深的地方，空气中出现了瘴气。当听说霞月在上厕所的时候看到了眼镜王蛇后，所有人开始往裤腿里放杂志。

到了凌晨3点的时候，腰果哥就来拉我的帐篷。

这个哥们儿非常强壮，赤裸着上身就爬了进来，吓得我直接爬起来，还以为有狗血的事情要发生了。

他道："老板，这地方不对哦。"

我跟着他出了帐篷，发现赵海龙兄弟、霞月和沈汤都在外面，他们似乎都听到了什么。

"怎么了？"我问道，腰果哥让我听四周。

四周全是虫鸣，夏天的山里十分热闹。我听了一会儿，刚想说到底怎么了，我听不出什么来，就忽然发现不对，这些虫鸣之间，有很多人轻声说话的声音。

因为那声音太多了，最起码是成百人，所以非常不自然。

如果一个区域里有人说悄悄话，那么十个人一起说已经是极限了，怎么可能上百人一起说？这种情况超出人的认知，所以那声音听上去非常鬼祟，在野外让人毛骨悚然。

"什么情况？"

"有人在说话，很多很多人。"赵海龙说道，"在那个方向。"

在月色下，能看到他指的方向是山谷左边的山坡，离我们大概十几米的距离就开始上坡了。那声音应该是在坡上20米左右。

"这儿怎么可能有人！"

"难道是工兵在这里？"

"没有灯啊。"霞月说，她脸色有些发白，显然有点害怕，"他们一个电灯都不要的吗？"

"山里闹鬼吧，阴兵借道啊。"赵海龙说。看表情，是吓唬霞月的，这两个哥们儿胆子非常大，几乎不用担心他们害怕任何东西。霞月也不傻，就去踢赵海龙。

我有点犹豫，理智告诉我，那声频一定是人在说话，似乎说的是某种奇怪的方言，但理智同时又告诉我，世界上绝对不会出现上百人一起说悄悄话的情况。

赵海龙对我道："我们过去看一下，你们在这里等我们。"

赵海龙说着打起手电，就往那个方向去了。赵海仙指了指对讲机让我们注意，跟着他哥过去了。两个人真是毫不犹豫，很快就看到他们的手电光上山了。

我心中庆幸有胆大的人真是好，结果不到五分钟，对讲机里就传来了赵海龙的声音："来一下。"他说话声音很轻，也像悄悄话，把我们吓了一跳。

我和腰果哥面面相觑，看得出我和他都怕鬼，但有女性在这里，我们也不好丢脸，两个人就跟了过去。

顺着手电光爬上山坡，就听到那悄悄话的声音越来越明显，能远远看到两兄弟都贴着地上在听。

我们走近，到了赵海龙身边，此时已经能听明白，这声音似乎是从山坡的地下传上来的。

我也立即贴着地去听，一听，浑身的鸡皮疙瘩都起来了，千真万确，那声音是从山里面传出来的。

窸窸窣窣，一种奇怪的方言，而且不像是在对话，像无数人在自言自语。

我们四个人再次面面相觑，我脑子都有点涨。

超自然现象？

"是不是一种虫子？"赵海龙问。

我知道肯定不是，但人是会怀疑自己的，四个人贴着再听，起身的时候，脸色都煞白，都明白绝对不是虫子。

绝对是人在说话，我写小说的时候写过这种场景，人说话的语调是带有韵律的，很难模仿。

赵海龙问我道："我挖开看看？"

他说这话的原因我非常理解，因为这声音听上去非常的浅，就在泥土下面没多少距离，感觉用手都可以扒拉到，所以才说不是虫子。

"是不是应该谨慎一点？"腰果哥说道。

"可以，我谨慎地挖开看看，你们害怕就退几步。"

说着，他完全没有经过我们同意，直接掰开随身带的折叠铲子就插进了土里。刚开始挖这块地时，连赵海仙都没有帮他，大家都不由自主地退了几步。我想了想后反应过来，想阻止他，万一下面是个军事基地怎么办？那真是来探险探到枪毙，不合算。

结果他才挖了三下，铲子就挖到硬东西了。

那窃窃私语的声音瞬间消失了，我话还没出口呢，赵海龙已经扒拉扒拉泥块，挖出来一块白色的东西。

我们用手电照，所有人都看到那竟然是一个玉琮。手电往下照，赵海龙继续快速扒拉泥土，我们发现在那块泥巴下面，大概两个手掌深度的地方，竟然埋着很多玉琮。

第十八章

　　赵海龙还想继续往下挖，觉得下面肯定还有东西，否则怎么可能有人说话？他信誓旦旦地说下面肯定是一个录音机之类的东西，是有人在恶作剧。

　　但被赵海仙拉住了，赵海仙看了我一眼，我知道他的意思，宋松的故事里，有非常相似的桥段，他把玉琮藏在了墙壁里，结果他邻居一直听到墙壁里有人说话，后来宋松发现有些玉琮能发出奇怪的人语。

　　我从泥皮破裂的地面拿起一个玉琮来，是古玉，绝对没有错，包浆和沁色都是对的。我看了看众人，就想把那东西放到耳边听。

　　放了几次，没敢真放上去，就是浅浅地听了一下，什么都听不到。玉琮不是海螺，两边都是透的，没有什么能使之产生回音。

　　说实话，那时候我非常纳闷，边上的赵海仙就和我说道："叫罗老师吧，这东西如果是老的，得他在场。"

　　我点头，他们立即跑回去。隔了十分钟，罗子桑就被领了过来。

我们给他打起最亮的光圈，照亮那块地皮，他上去，拿起玉琮一看，就对我道："把沈汤叫起来，把设备拿来，这是好东西。"

"难道我们发现了一个良渚遗迹？"我问道，但心说是不是太浅了。

"你这个是从哪个位置拿的？"罗子桑问我道。

我指了指一个位置。

他对我说道："所有人都不要乱动，这些玉琮排列的方式有讲究。"

"这是良渚遗迹？这么浅？我挖个蚯蚓就能挖出来。"赵海龙说道。

罗子桑道："不是，土层不对，这是有人埋在这里的。"

"谁在这种地方埋东西？是当年的土匪吗？"赵海龙就兴奋了，"咱们这是发现土匪的宝藏了？"

但我知道不是，几个稍微聪明点的都互相打了眼色，我们都知道应该是宋松埋在这里的。

沈汤睡眼惺忪地过来，有点不满，但罗子桑不由分说，让她立即开始干活，她情绪才有点平复下来。

他们开始干活，我一开始还在打灯，后来实在太困，就回去睡觉了。说好了轮班，但我知道大概率是轮不到我，赵海龙、赵海仙兄弟眼睛瞪得像铜铃一样，估计他们是不会叫人换班的。

回到帐篷，我很快就睡着了，醒来的时候7点多，睡得特别好。霞月做了早饭，我吃了几口就听说罗子桑一晚上没睡。

我赶紧几步跑过去，看到雨棚都搭了起来，今天的天气确实比较阴，有点像要下雨的样子。

雨棚非常大，棚顶是用我们带的塑料布铺成的。下面的山坡全部都被翻开了，面积大得惊人。看样子他们晚上干了非常多的活，所有的玉琮都已经摆在地上，都被编完了号，就像一个巨大的考古现场。

沈汤正在拍摄照片，罗子桑蹲在一边，静静地看着这些玉琮，我走过去问道："要不要休息一下？"

话没说完，我就被眼前的景象震惊了，站在罗子桑的位置，能看到整块被他扒掉的地皮的全貌，所有的玉琮在里面摆出了一个奇怪的图案。

那个图案有点像是一个巨大的海螺。

"什么说法？"

"非常奇怪。"罗子桑说道，"这里所有的玉琮，都是良渚玉琮。我对比了硬度和一些纹理，发现这些玉琮似乎是从一块玉石上取料制作的。"

我一开始没明白，后来仔细思考了一下，意识到他说的是这些玉琮的原料似乎来自同一块原石。

对于翡翠，经常有这么一种说法：如果一对翡翠手镯来自同一块原石，那么透度、水头都会非常相似，放在一起会特别协调；但如果是硬凑的，不同的原石总归会有一些不同，极难遇到不同的原石可以凑成一对完美相配的翡翠手镯的情况。

"玉琮上的包浆、沁色各不相同，可以看得出保存条件和出土时间都不一样。"罗子桑说道，"这一块原石被开采出来之后，在良渚文化时期，就已经落到了不同的工匠手里，然后埋藏在不同的贵族墓穴里，之后在不同的时间出土。有些在上世纪 20 年代就出土了，有些在新中国成立后才出土，之后流落民间。所以，它们重新在一个地方聚合的可能性其实微乎其微。"

"结果全部出现在了这里。"

"是的。如果是宋松埋的,这家伙买玉琮的逻辑非常清楚而且极端,就是要买特定的那一块原石做出来的玉琮。"罗子桑说,"这多难哪,几乎是不可能的!"

"多难?"

"就和你打完稻谷,把一个稻穗上的米全部打乱在一堆米粒中,然后米被卖到了全国各地,之后你开始全国寻找,把这个特定稻穗上的米一粒一粒找回来一样难。"

我被这个例子吓到了。"您这么肯定吗? 也许只是良渚的石头,都很相似。"我说道。

"我支持老罗。"身后传来了夏民的声音,"你们不熟悉的人看石头,都是一样的,给你一块大理石、一块透闪石,你们都觉得是一样的,但是我们看石头,哪里来的,是不是一个妈生的,特别不一样。"

说完,他也蹲了下来,问罗子桑:"透闪石吗?"

罗子桑点头: "把这些东西重新汇集在一起,一定花费了巨大的人力物力。"

"会不会在宋松之前,就有人搜集了一大部分了,宋松是从别人手里整体买过来的? 搜集那么多是几代人完成的。"沈汤说道。

罗子桑点头,也不是没有这个可能,但多年的写作让我对人有很强的敏感性,我看了看他的表情,觉得罗子桑心中最大的疑惑不是这个。

"是不是还有什么让您更无法理解的?"我直接问。他喜欢卖关子,我不想让他想起自己的这个习惯。

罗子桑说道: "这块原石,我按照纹路排列了一下,就出现了一个更加不可能的情况。"

"您说啊！我给您磕头了。"边上草丛里的赵海龙插话，显然听得憋不住了。

"这块原石，更像是一块化石，而且是一块巨大的海洋生物的化石。"

我们都愣了愣，我问道："是个巨大的海螺吗？"

因为泥土里的玉琮摆出来的图形，像一个海螺。

"是的，这些玉琮的位置，我都没有动过，说明宋松在埋这些玉

★
鹦
鹉
螺

★鹦鹉螺基本上属于底栖动物，平时多生活在海洋100米左右的深水层。它们已经历了数亿年的演变，但外形、习性等变化很小，被称为海洋中的"活化石"。

琮的时候，也是按照纹理的位置想去摆放出一个形状来，确实非常像一个海螺。"

"这不可能啊。"边上的夏民说道，"透闪岩里怎么可能有化石呢？这是火山活动形成的石种，只和区域巨型地质构造有关。"

"但上面有化石的纹路，实在是太像了。"罗子桑说道。

夏民过去仔细看，看完之后，脸色也变了。沉默了良久，夏民说道："那就一定有特殊的构造过程，极其特殊。"

"是不是在岩浆里生活的生物的化石？岩浆海螺。"赵海龙在边上开玩笑，沈汤白了他一眼。赵海龙还挺喜欢沈汤的，就笑着用方言说道："女娃娃学问家又不开心了。"

罗子桑问我道："你们说，你们是听到土里有东西说话，才找到这里的？"

我点头。罗子桑显得心事重重："宋松说的是真的？石头和玉琮，真的会说话？"

所有人继续沉默，大家的世界观都摇摇欲坠。

沈汤就说道："为什么我们没有听见？是不是你们在整我们？"

"也许是你睡得太死了。"我说道，也有点不悦了，这种时候还要怀疑人，是不是本末倒置？

边上的赵海龙问道："我问个我们粗人想知道的问题，为什么他要把这么多玉琮埋在这儿？"

夏民道："这些玉琮，加起来快几百千克了，带着也不方便吧。"

"他可以放家里啊，为什么他要把东西埋在这里？你们说这些都是传世的，说明这些东西不是他从里面带出来的，那就是从自己家里带到这儿的，结果又埋在这里了。我想不明白。"

现场沉默，说实话，这些东西搬到这里来，确实不容易。石头，不管切多碎，堆起来还是非常重的。

"宋松可能觉得自己这一次回不来，要死吧。"赵海仙说话了，他站起来，头发很乱，显然刚才在草丛里睡觉，"如果是我，我就把我自己最喜欢的东西带过来，埋到离我最近的地方。"

其实我也是这么想的，但宋松后来活着出来了，为什么没有来取这些宝贝呢？

他很快就上吊了，也许那个时候他真的已经疯了。

罗子桑说道："可以了。沈汤，休息一下，我们在这里多待一天，到晚上，我们来研究一下玉器发出人声的原理。"

继续思考也没有用，人群松动，大家都有点累了。

"东西不收吗？"沈汤问。

"弄清楚了再收。"他说道，边上的腰果哥说他现在就让后面救援的队伍抄近路过来，明天可以打包把东西带走。

罗子桑点头，然后也开始打电话，找相关单位派人跟着救援队伍过来收东西，这些都是珍贵的文物，非专业人士容易损坏。

打完电话，罗子桑就把我叫出去，在溪水边和我聊天。此时，天上下着雨星子，他脸色很古怪，看着我："如果你有什么事，现在可以说。等东西到了单位，你如果骗人，很多事情没那么好收场的。"

"什么骗人？"

"这些玉琮，是不是你埋起来的？你引我们来这里。"

简直莫名其妙，我冷笑。

"我自己出钱做一次勘探活动，怎么就变坏事了？我以为古时候冤案都是偶发的，原来冤案是高发的，只要有事搞不明白，就干掉发起人，是吧？都是发起人的阴谋，是吧？罗老师，你是不是美国电影看多了？"

罗子桑看着我："谁都会这么想，因为这些说法都太难以解释了。"

"就是因为难以解释，我才要来找答案，我就是第一个好奇的人。那说说看，我骗你们来有什么意思？"

罗子桑摆摆手，让我不要吵："那你自己相信这些玉琮会说话？如果你们为了拍点短视频，就把这么名贵的玉琮埋进土里，你们会被钉在耻辱柱上。"

"拍短视频是为了什么？"

"我怎么知道！出名？"

"我捐赠这些玉琮还不比拍短视频出名？"我忽然有点泄气。

"我只是提醒你，如果不是，当然很好，但如果是……"他就说不下去了。

我忽然明白他的痛苦，大家都是唯物主义者，如果玉琮真的会说话，那世界观全部都得崩塌。

我深吸了一口气，努力稳定自己的情绪，然后对他说道："罗老师，我们用科学精神对待这件事情，我们不要揣测，我们先观察。如果真的今天晚上，玉琮会说话，那么我们再来做研究。也许，根本不是我们想的那样。"

罗子桑想了想，点头："把防水布盖回去，然后把泥巴盖上，还原昨天的情况。"

我们两个回去，其他人也在讨论这件事情，看到我们回来了，都安静了下来。

我给赵海龙兄弟布置了一个任务，他们虽然困得要死，还是点头去干了。

我回帐篷后就开始自己一个人琢磨，结果没琢磨多久，我就睡着了。

我不知不觉做了一个梦，梦见宋松当年来到这里之后，将自己一辈子搜集的所有玉琮埋在这里，然后磕头祭拜，就像当年古人祭拜天地一样，最后毅然决然地往山中走去。

我当时附身在宋松身上，心中有一种为了女儿的决然，即使是宋松那么晦涩的人，也有那么强烈的父爱。在梦中，我被感动得痛哭流涕。

我醒来已是黄昏，所有人都休息完毕。腰果哥说："明天一早，后备队伍会带着考古队员到达。今天晚上，是我们研究这些玉琮的最后一个晚上。"

所有人都准备好了防蚊的装备，雨最终还是没有下下来，赵海龙就说道："昨晚我们是在后半夜听到的，那声音还挺响的。咱们先打扑克吧。"

于是有几个人吃饭、打扑克，两个专家看书，沈汤整理照片，我喜欢娱乐，边打我们就边聊各种可能性。

"虫子吧，有些虫子真的会发出人说话的声音。"赵海龙向他弟求证，"咱们有一次在山洞里遇到过，对吧？"

"那是我的手机铃声。"赵海仙对他哥不是很客气。

"大作家，你想象力丰富，你觉得呢？"赵海龙问我。

霞月就说道："他嘛，基本上就是闹鬼解决问题。"

"有灵魂困在石头里，其实是很常见的桥段，但有一个实际问题，"我说道，"声音是由物体振动产生的声波，可以在空气中传播。灵魂怎么振动产生声波？我们仔细想想内在机理，就会发现中间有逻辑是空白的。"

　　"灵魂可以振动石头的分子呢？"

　　"那需要很大的能量，灵魂有那么大能量的话，用仪器肯定能探测到了。"

　　"我知道宇宙中有一种能量叫暗能量，是探测不到的。"

　　"嗯，因为它不和我们所有存在的物体发生相互作用，所以才探测不到，但它如果可以振动石头，那一定可以被探测到。"

　　"也许是我们探测技术不行呢，它是能发生作用的。"赵海龙说道。

　　霞月忽然撞了我一下，我转头看她，她对我道："这个你会写成小说吗？"

　　"呃，可能。"我支吾道。

　　"那你会写我吗？"

　　"如果要写小说，肯定会写你，你放心。"

　　赵海龙就说："哎，我们这里，谁是你小说里的C位？"

　　我指了指赵海仙和罗子桑："两者取一。"

　　"为什么？"

　　"两个人都有秘密，做人气角色比较容易。"我说道，看了一眼赵海仙。

　　罗子桑有秘密我是知道的，但赵海仙我是诈他的。对方看了我一眼，似乎是被我说中了，问我道："为什么？"

"嗯，你看上去非常自律，话比较少，但行为都是在关键事件中的关键行为，说明你虽然不可能是主角，但其实是整个团队里兜底的那个人。"

"罗老师呢？"

"罗老师是推进事件的人。"我说道，"我们看到线索，什么都不知道，他看了，可以给我们信息，让我们做决策。"

"那我呢？"霞月问道。

"呃——"我心里想说的是，你应该是最终 Boss，因为你不太起眼，而且话很少，但我没有这么说，"我小说男性向，你是美丽的女主角之一吧，但我会把你写成一个假小子，我只会写这个。"

霞月想了想，有点不同意，眯眼看我："我不能是个女特务吗？"

"我不会写。"我说道。

赵海龙就问我："那我呢，那我呢？我为什么不能 C？"

我就笑："可以 C，你 C 就是另外一个风格的故事了。"

"什么？"

"喜剧吧。"我说道，大家都笑了起来。

赵海龙意识到自己挺好笑的，也跟着乐："我这么喜剧性的啊，真没想到，我以为我是硬汉类型的，我挺硬的，真的。"

腰果哥一直在打电话，我看了他一眼，他脸色很不好，我觉得他应该是遇到了什么突发事件。但我不想管，我不喜欢听到不好的消息，即使和我无关。

打到下半夜，我们都快忘记在这里熬夜的目的了，忽然所有人都听到腰果哥说了一句："来了！"

所有人停下了手里的动作，一下子全部安静下来，我们全都听到了人说话的声音从山坡的方向传来。

　　大家面面相觑，瞬间我的鸡皮疙瘩起来了。逃避现实终究不是长久之计，但此时听，我却发现这声音和昨晚不一样了。

　　那种不一样，让我心中升起了特别不祥的感觉。

第十九章

昨天晚上是窃窃私语，犹如无数的人在远处的山坡上说悄悄话，到了山坡上，就感觉是山的内部有无数的东西在腹诽。

但是今晚听到的，那声音不是窃窃私语了，而变成了一种呼唤。

那声音的语调，变成了一种呼唤。

我们小心翼翼地排成一排，一点一点摸过去，那声音越来越真切。我们来到山坡下方的时候，大家都开始半蹲在灌木中，分头慢慢靠近。

我本来想看一眼罗子桑，看他此刻是什么表情，但实在是太紧张了，我的注意力一旦高度集中起来，就会完全忘记其他事情。

一直摸到了埋着玉琮的地方，我们才停了下来，更加清晰地听到那块区域下面，有无数人在不停地说话，那语调极具诱惑性，就像一种魅惑的调情。虽然如此，我一个字都听不懂，不知道它们在说什么。

我此时才看了一眼罗子桑，他脸色煞白，但是还是举手示意，让我们所有人都不要动，然后自己举起了手机开始录音。

我浑身的鸡皮疙瘩都出来了，因为高度紧张，脑子嗡嗡的，血顶上脑子，但这也不能怪我，要知道这里是深山。我们摸过去的时候，谁也没有打开手电，几乎全部靠天上云里的月亮照明，一群人蹲在深山的灌木里，脚下山坡里竟然有人说话，声音还和昨晚完全不同了。

真是异常邪性！

除了离我最近的罗子桑，我谁也看不见，甚至连地面都看不清楚。不到十分钟，我膝盖都开始发抖，脑子有点空白。

接着，我就看到罗子桑开始小心翼翼地朝声音发出的方向爬了过去，他把手机放到边上，然后慢慢地开始拨开上面的土。

潜意识里我似乎有过一分钟的思考，要不要上去帮忙？但随即被巨大的心理压力压垮了，整个人纹丝不动，完全无法思考。

此时，我在的这个位置，已经根本看不到罗子桑在干什么了，其他人恐怕也被这个声音吓得有点蒙了，全部都没有出现。接着，更加离谱的事情发生了，忽然这里乌云遮月，我抬头一看，极低的乌云迅速压了过来，还没来得及开口，雨就下了起来。

那雨几分钟后就变成了暴雨，我们什么都听不见了，情况变得非常尴尬。

冰冷的雨水浇下来，我这才感觉自己开始回到人间，先看到有人的手电亮了，是赵海龙和赵海仙，然后天上打了一个闷雷，我心说该怎么处理，在这里等雨停再继续听吗？还是先避雨？罗子桑趴在泥上，我是不是要给他打伞？

脑子一乱的同时，就看到罗子桑已经打开手电站了起来，对我们大喊："拿防水布！"

我一听就知道了他的决策，罗子桑继续大喊："泥石流！保护文物！"

他刚说完，我发现脚下的泥竟然动了起来，双脚踩地的实感瞬间消失，接着整块地面都开始滑动。

怎么说泥石流就泥石流了！我心中大惊，瞬间整个山坡开始往下方滑落，我们所有人都摔得东倒西歪，脚全部埋入泥巴里，直到小腿，人被山坡带着往下滚。

还好这山不高，瞬间我们就连人带泥巴滚到了山脚。我刚想说万幸，小泥石流还挺好玩的，就听到腰果哥在那儿喊："往对面跑！！！"

我心里还奇怪，有必要吗？就听到山坡的上沿传来了闷雷一样的声音，抬头用手电一照，看到整个山坡朝我冲了过来。

我跳起来就狂奔，但是根本来不及跑远，瞬间人就被埋了。

那一瞬间，我觉得有股巨大的力量压到了身上，那力量之大，不可抗拒，就好像一块重重的铁板直接拍在了身上。

原来这就是泥石流。看视频里的泥石流，总觉得可以在里面玩耍，实际每次却有很多人失去生命，自己体会过才知道泥石流的力量是这样霸道！

但是瞬间，我身上的力量就被卸掉了，感觉最重的一波泥石流冲了过去，我立即直起身，发现自己已经被泥埋到了腰上，想用力爬出来，但完全被吸住了。

接着，下一波泥石流又冲过来，直接把我整个人往山谷中间冲去，我又被淹没在泥里。

在那个瞬间，我忽然听到了泥里有很多的人声，我只诧异了一下，接下来就完全是惊恐，所以等我再次从泥巴里探出头来的时候，已经完全无法确定刚才是不是错觉。

接着那泥巴就停了下来，所有人下半身都裹在泥巴里，大惊失色。然后就听到腰果哥大喊："全部出来，趴着离开烂泥！快！可能会有下一波！"

我从来没有用过这么大的力气把自己从泥巴里拔出来，连滚带爬地翻了出来，踩到实地上后，我才真的松了一口气，然后一坐倒就开始吐。

后来我才知道这是体力短时间耗尽引起的呕吐。我感觉四周一会儿模糊，一会儿清楚，还听到有人喊："找罗老师！"

"罗老师不见了。"

"埋在里面了，肯定埋在里面了！五分钟内必须挖出来！否则就脑死亡了！"

我清醒过来，巨大的恐惧感逼来，理智一下子回归了。

我组织了一个探险活动，如果有人因此死了，我平静的人生就此会变成另外一种状态，我不能因为自己的兴趣害人！

我立即冲回去，罗子桑最后说的是"保护文物"，那他就在那堆玉琮上，所有的玉琮都是用防水布盖着的，他要抢救文物，最快的方法就是用防水布直接包裹住玉琮。

我看着自己爬出来的方向，然后大概推算了刚才泥浆的流动速度，第二波泥石流冲过来时，我听到了声音，瞬间我判断出一个大概的方位。

我冲了过去，玉琮在哪里，罗子桑就可能在哪里，因为刚才人声很多，显然玉琮没有被冲散，这种力度下没有被冲散，那只有一个可能，就是罗子桑用防水布全部包住了。

来到那个位置，我用手插入泥巴里，立即就摸到了一个人，我大喊："在这里！"

所有人冲过来，很快就把罗子桑从泥浆里拉了出来，腰果哥把他背出泥巴地，罗子桑不停地咳嗽："文物！文物！"

我们再冲回去，从挖出他的地方挖出了一个防水布的包裹。玉琮非常重，我们几个人用力才抬出来。我意识到就是这东西太重，才导致罗子桑没有像我们一样自己直接从泥巴里翻出来。

雨小了很多，天上还时有闷雷响起。

我们用手电去照山坡，所有人都笑了起来。在雨星和手电光柱的混合中，我们看到泥石流规模并不算大，就是山外皮的一层泥整体滑了下来，但是那山的上半部分很陡峭，所以滑下来的速度很快，给了我们巨大的冲击力。

其实只是一场虚惊，如果不是罗子桑拼命要保护文物而被玉琮压住了，他自己也能站起来。

"浙江的山植被还行，最近几年绿化越来越好。如果早二十年我们在这里，可能已经被埋了。"腰果哥说。

我们所有人变成了泥巴人，看着还挺好笑。罗子桑对沈汤说："清点一下玉琮有没有破损或者丢失。"

"还会有二次灾害吗？"

"概率很小了。我们在山谷里，这个概率不用担心，只要不再下大雨。"

我们抬头看天，月亮都出来了，夏天的雷阵雨很快就会结束，于是都放下心来。

我们全部到了溪水边，溪水已经变成浑浊的泥水，这是因为大雨把山上的土冲了下来。女的去一边，男的在另外一边，我们把脸上的泥巴洗干净。刚洗干净，赵海龙就迫不及待地问罗子桑："罗老师，你刚才离那么近听它们说话，有没有什么结论啊？"

罗子桑眉头紧锁，没回答。

赵海龙就继续问："是不是闹鬼？"

罗子桑看了看我，我有点挑衅地看着他，我这个人有点记仇，看他怎么说。

罗子桑对我们说道："我不知道，我弄不明白。靠近的时候，声音确实非常像是从玉琮里传出来的。等一下玉琮清理出来，我会通宵再仔细研究一下，但怪力乱神，大可不必。"

夏民已经快速洗好了，他很担心自己着凉，快速地擦干然后往回走，边走边说："如果非要解释，透闪石里有时候是有磁性矿物的，那声音，有百万分之一的可能性，是这些磁性矿物将当年的声音释放出来造成的。"

"那岂不是5000多年前的良渚人在说话？"

夏民也摇头："我也搞不懂，等罗老师的分析吧。"说着就急急地回帐篷去了。

就在那个瞬间，我看着罗子桑，我忽然发现他不太对劲。

一开始我觉得，他还未从刚才的惊险中缓过来，但我看他的表情，发现那种表情不是恐惧，而是一种别扭。

我忽然纳闷，为什么他会是这种表情？因为这种表情，只会发生在有事想隐瞒的人身上。

赵海龙顺嘴又问了一句："罗老师，该不会你刚才听的时候，玉琼和你说了什么，你不想告诉我们吧？"

赵海龙纯粹是开玩笑，大家都笑了。但我看到赵海龙说完的瞬间，罗子桑的脸上闪过一丝非常细微的表情，我一下子就浑身发冷，毛骨悚然。

那表情对于我来说含义非常明显。

因为我长期写小说，善于洞察人心，对于撒谎不撒谎这事，我是非常非常敏感的。

那表情的意思是：赵海龙说对了。

第二十章

罗子桑快速洗完身子，也没有回答赵海龙，就往帐篷走去。我极度迷惑，努力想让自己否定自己的推测，那推测太匪夷所思了，我肯定是多想了。

这个时候，我看到赵海仙也在看着我，我们两个人交换了一下眼神，赵海仙就说道："老罗是不是不太舒服？"

赵海仙也发现了端倪，但是他不是写东西的，他对自己在人性细节上的判断没有我那么坚定。

我现在没法说什么，因为脑子也是乱的，就点头："可能还是被压到了。"

一行人洗完，回到营地，就看到罗子桑和夏民都在仔细地清理和研究玉琮，沈汤还没有回来，女孩子清理时间长。

夏民没有带仪器，只能靠自己的经验用放大镜仔细地看，显然对自己轻视了这次探险有点后悔。

罗子桑背对着我，我走过去，玉琮此时没有任何的声音，使得我们刚才遇到的事情，又如同幻觉一样。

我也坐下来，罗子桑就对我道："你去睡吧，我现在要做一下基础的数据记录，等明天来人把东西带回去之后，他们会做很多实验，到时候我们等结果就可以了。"

我还是陪了一会儿，但刚才的呕吐确实有点伤身体，我很快就昏昏沉沉起来。

这个过程里，我一直在看罗子桑的表情，越看就越知道不对劲。

他肯定已经知道了什么。

我是用极大的毅力控制自己别去问这个问题，因为问了，以罗子桑的城府，他没有能力把谎编圆，那他可能就直接和我翻脸，然后就会退出这次探险。这样，我不仅不能完成我之前的计划，还同样不会知道他到底知道了什么。

而且赵海龙的话非常明确，如果罗子桑当时是那种被说中的表情，那真的有可能是玉琮给了他什么指示，但这个问题对方也非常容易拒绝回答，他可以强行说自己神经过敏产生幻觉。

我最后决定先回帐篷，什么都不说，静观其变：如果明天他提出结束探险，要回去研究玉琮，那么我会直接摊牌；如果不提出，我会选择一个更合适的时机问他。

我睡着得无声无息，临睡前都是他那一瞬的表情，但是每每都是转瞬即逝，我在梦中一直想说服所有人相信我的判断——罗子桑肯定听到玉琮说了些什么，大家让我拿出证据来，我努力寻找证据，却发现连他被我抓包的表情都越来越模糊，以至于梦魇不断。

等醒来的时候，发现已经到了中午。出了帐篷，我意识到救援队伍和考古队员已经来过，并且把玉琮带走了。

我看到罗子桑还在，稍微放下心来，不用一早就去逼问他，这让我舒缓了不少。

回头看到昨晚泥石流的地方，在白天，看上去规模更小了，我回想当时的冲击力和那种巨大的力量，明白了人的感知在自然灾害面前，往往是有错觉的。

我还想和罗子桑寒暄一下，毕竟他昨天受伤了，对方却道："我们要尽快出发，走吧。"

他的眼神很坚定，我愣了一下，他之前的状态不是这样的，似乎这一次最想继续下去的人，已经不是我，而是他了。

同时我发现所有人其实已经收拾好了东西，这是他早就下达了要尽快出发的命令。我默默地回去收拾帐篷，偷偷看他，发现他看着大山的深处，不知道在思索什么。

第
二
十
一
章

故事马上就要进入新的篇章，在进入下一阶段之前，发生过一个小插曲，为了故事的顺畅，我没有在发生的当时就记录下来。

但这个小插曲对后面的人际关系发展，还是比较重要的，所以在进入新的篇章之前，我要先把这个在旅途中发生的非自然灾害性的风波讲一下。

之前，夏民想办法让罗子桑退出这次探险的各种举动，我基本是一笔带过的，其实中间还发生了很多事情。

夏民教授显然是非常积极地践行自己原则的那种人，对于触犯自己原则的人，他会持续给对方施加压力。我非常恐惧这样的人，因为这样一来，整个团体的社交压力一下子就变大了，所以当他不断想办法弄走罗子桑的时候，我就开始有意无意避开他们两个。

那一晚大概只睡了五个小时，就闷热得睡不着了，醒来浑身都是黏的，出来之后看到赵海龙兄弟也没睡，在帐篷外抽烟。

在林子里抽烟是夏民的大忌讳，不许抽烟可以说是这个团队的基础纪律。赵海龙兄弟本来没有那么嚣张，但此时他们似乎不太想顾及这条纪律了，大概是因为他们觉得夏民不够仗义，想逼罗子桑走，所以有点故意找事的意味。

我看到之后，产生了极度的焦虑，觉得这个团队肯定是要散了。我祈祷夏民明天早上起来，千万别看到烟头或者闻到烟味，否则他肯定会发难的。

我下半夜把一瓶矿泉水弄在毛巾上，不停地给自己擦身，用片刻的凉爽造成的假象让自己继续睡去。大概中间又醒了两次，总算熬过了第一夜。

醒过来的时候，果然听到夏民教授在发脾气。我从帐篷的缝隙往外看，都不敢出去，只敢偷听，发现是赵海龙根本没躲，他早上起来就在夏民面前抽烟。夏民看到了极度生气。

夏民一直在说如果继续这样，他就要报备了，赵海龙一副你算老几的表情。

吵不了几下，夏民就走到我的帐篷前，又要找我来主持公道，让我马上出来。

我一下子变得烦躁起来，但也只能极其不情愿地出来，当时真的连放弃的心都有了，我是实在没想到，我们会因为人和人的关系处理不当而放弃，而不是因为探洞路线艰难而放弃。

我出来之后，夏民不依不饶地看着我，其实他不知道，我的人生中从来没有因为负责而恐惧过，所以我根本无法理解他的焦虑。而赵海龙这样的，做事没有规矩，不会克制自己，觉得自己想做就理所当然去做的人，也让我非常不适。

夏民不停地和我解释，说的所有的话都只有一个信息。而赵海龙就冷笑地看着我，一副老子能有什么损失这样的表情。

我想说几句软话，先把事态缓和下来，但夏民显然已经进入了一种情绪无法控制的状态，根本不给我说话的机会。我几乎要爆发了，就在一口气要提上去的时候，一直没说话的赵海仙忽然走了上来，直接对着他哥就是一个嘴巴。

那一个嘴巴把赵海龙直接打蒙了，翻倒在草丛里，赵海仙回头就看着夏民，夏民一下没反应过来，也蒙了。

"不会再抽烟了。"赵海仙看着夏民，"这事过了，行不行？年纪大了，要大度一点。"

夏民是读书人，没处理过这种场面，看着赵海仙，一时没反应过来，回过神来后马上去把赵海龙扶了起来。

"没必要，没必要。"他扶着赵海龙说道。

赵海龙跳起来就和赵海仙打："你有毛病吧。"

夏民上去劝，腰果哥也上去拉人，现场一团鸡飞狗跳。

我被这种压力搞得想吐，但内心也平静了下来，觉得毁灭吧，我累了。

罗子桑看出我的压力非常大，就喊我到一旁走走，远离这个环境，我就跟着他去旁边的林子里闲逛。

罗子桑先说话："这个赵海仙，脑子很好使，他在帮你呢。"

"这帮人的方法还真是特别。"

"夏民德高望重，他的权威是多年积攒下来的。他待的体系里，没有这些达人，他是需要适应的。赵海龙则是真的该打，如果出现森林火灾，牢底要坐穿的，你要坐牢，赵海龙要坐牢，夏民也确实会名誉扫地。所以，夏民教授绝对是正确的。"罗子桑说道，"赵海龙这个性格，没有他弟弟，可能早就出事了，他弟弟有对付他的办法，我们不要参与。"

我知道他什么意思，接道："混沌的系统，会自己形成平衡和规律。"

这句话是《侏罗纪公园》里的，我很喜欢那部作品，不是电影，是喜欢其原著。为此，我还特意去了解了混沌理论。最初起源来自气象学家爱德华·诺顿·洛伦茨的一个实验，他为了实验更精确，把小数点后三位的初始数据精确到后六位，但新的结果跟预期大相径庭，不是变得更精确，而是变得面目全非。在这个实验的基础上，洛伦茨提出了"蝴蝶效应"，开始对混沌现象进行研究。大家对这个理论最多的印象是随机、混沌、敏感等。但后来，随着越来越多学科的学者加入研究，混沌理论也变得丰富起来。比如，稳定均衡就成为混沌理论的一个形态，即如果是在一个稳定均衡的系统中，各要素也处在比较均衡的状态中，即使这种状态被打破，它们很快也能回到均衡的位置上。

我忽然就问罗子桑："我不知道为什么，感觉您比较特殊，您是以前当过兵还是什么的，我觉得有一种特殊的气质。"

罗子桑说道："我知道你说的这种气质，我是半路出家做的良渚研究。之前，我是学数学的，我这种气质应该是学数学的人特有的气质。"

我觉得很惊讶，研究古文化和研究数学，中间还是差别很大的。

"学数学，为什么要干这个？"

"马克思说过，任何一个学科如果不能很好地运用数学，那它就是不完善的。"罗子桑说，"你听说过吸血鬼谬论吗？"

我摇头，罗子桑说："很多人，尤其是西方人一直认为这个世界上有吸血鬼存在，这在现实生活中无法被证伪，因为你不能说你在现实生活中没有看到吸血鬼，就认定它不存在。但在数学面前，这件事情就可以很容易解决。美国中佛罗里达大学的埃夫蒂米乌用数学计算证实了吸血鬼的虚假性。他先作了一个假设，1600 年 1 月 1 日，全世界人口为 536870911 人。如果这一天出现第一个吸血鬼，并且它需要每个月吸一个人的血，那么等到 2 月 1 日，世界上将会有 2 个吸血鬼。再过一个月，吸血鬼数量将变成 4 个……这样计算下去，只要两年半，所有的正常人都将变成吸血鬼。而它们最终也将无血可吸。"

这个话题我接不了，为了缓和气氛，我当时就问了罗子桑一个我自己生造出来的问题："罗老师，宋松的理论，就这么无稽之谈吗？"

"我很难找到理性的解释去支撑他这个理论。夏教授说了，地温是一个物理特性，我们无论怎样都很难突破极限深度。所以就算宋松是对的，他的地质分层理论也只是地面岩层的溶洞体系，到不了地壳的范畴。"

"那您研究良渚那么多年，是怎么看玉琮的象征意义的？"

"采访吗？"罗子桑看着我。

我道："我比较好奇，因为宋松所有理论的根源，就是为什么玉璧是二维的一种符号，但玉琮是三维的。"

"你是写小说的，我给你说一个你们可能会比较喜欢的猜测吧。"罗子桑看着我们对面那块巨大的化石，"你知道东非大裂谷吧？"

我点头，他继续道："这种巨大的撕裂地壳的地质结构，会把地下的岩石分成两边。如果你到峡谷底部，在峡谷两边的断壁上能看到清晰的地质分层。那时候任何人都会第一时间意识到，地面是一层一层沉降下去的，历史上所有的动物尸体，都一层一层地埋在地下，时间最久远的，就会被埋到最深处。所以每一层有每一层的化石，你可以知道这里多少年前是森林，多少年前是海洋。"

"大裂谷这种巨型地貌是分析地层的巨大宝库，在钻探技术没有成熟之前，古人行进在这种峡谷中，就能够看到这些悬崖上面分层的地质结构。所以，古人可能很早就发现了我们的大地是分层的。当年的良渚地区，可能就有这么一个巨大的裂谷，所以古良渚人把大地描绘成这样。是不是比虚空论合理多了？"

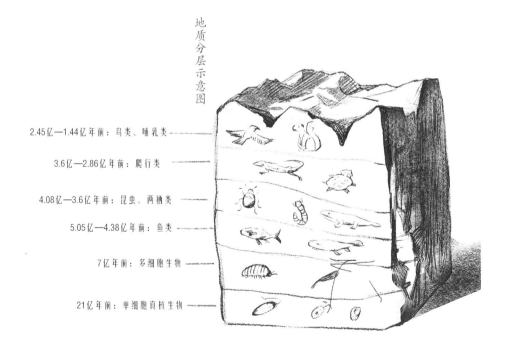

地质分层示意图

2.45亿—1.44亿年前：鸟类、哺乳类

3.6亿—2.86亿年前：爬行类

4.08亿—3.6亿年前：昆虫、两栖类

5.05亿—4.38亿年前：鱼类

7亿年前：多细胞生物

21亿年前：单细胞真核生物

我被说蒙了，想了一会儿："但是浙江没有大裂谷啊！"

我去过科罗拉多大峡谷，那壮观场面基本是外星的景象，地面整体开裂，形成了千米高的裂缝，寸草不生，我在浙江没有看到过这种景观，浙江景色秀美，不是这一挂的。

"地面上没有，溶洞里可能会有。"罗子桑说道，"我们现在要去找的那个溶洞，深处也许有一条巨大的地下裂谷，非常非常深，在那条裂谷的崖壁上，能看到清晰的地质分层，一层一层的。古人往下爬，玉矿就镶嵌在这些地质分层里，下到裂谷最深的探险者，可以成为部落的贵族。他们采集到那个区域的玉石，是给部落使用的，部落人纪念他们到达的深度，就按照地层的层数雕刻玉琮。这东西后来就变成了一个礼地的礼器，因为你从地下索取了物资，就要祭祀以感谢。"

我摸着下巴，觉得这是非常惊人的推断，专业的和我们这种写小说的果然不一样。

"在这种悬崖上工作肯定会有人坠亡，如果在某一个时间段发生大规模的意外坠亡，古人很有可能认为是地母被激怒了，那么巫觋就会开始祭祀。"

接着他看向我："枯燥吗？"

"不枯燥。"我说道，"觉得很神秘，好像有远古的呼唤。"

"从学术上讲，地层学主要研究的是成层岩系所包括的古生物化石的相对年代顺序，本质上隶属于地质学。再细化的话，如果研究的是成层岩系的沉积环境和它的形成过程，那就是'岩石地层学'。学习挖矿，你就得熟悉这个学问。"罗子桑看了看刚才我们来的方向，又看了看手表，"地层学是考古学的基础学科，研究古生物领域也少不了这个学科。你如果还想听，我下次有空时告诉你一件更有意思的事情。其实，地层学是世界上最神秘的学科之一，它有一个巨大的未解之谜，可能会颠覆我们对于这个世界的认知。回去吧，他们应该好了。"

说完，他就起来往回走了，果然就在这个时候，沈汤也过来找我们。

我极其不情愿地站起来，心说：科普还挖坑吗？但我死死忍住了追问的欲望，不让自己露怯。

在回去的路上，罗子桑问了我一个问题："你就没有想尝试去找一下当年和宋松说话的那些玉琮吗？"

"你是说——找来听它们会对我说什么？"我问罗子桑。

他点头："我可以接触到这些玉琮，我可以带你去听，你怎么就没起这个念头？"

"我本质上还是唯物主义者吧。"我说道。

这就是在前面的冒险过程中发生的我没有记录的事情，请大家记住，在后面的冒险中，这些事情会起到很重要的作用。

那我们继续开始我们的故事。

经历了一场小小的灾难，队伍结构发生了微妙的变化。整个队伍里，夏民和霞月为一队——霞月是地质大学毕业的，自然就成了夏民的队友——罗子桑和沈汤为一队，两队之间产生一种学术竞争的氛围。

而我、赵海龙兄弟和腰果哥在队伍中类似于猪八戒和沙和尚一样的存在，很快也就成了一个小团体，主要负责摸鱼抓虾以及卖蠢。赵海仙在队伍中越来越突出，虽然他比较沉默，但决策又快又准确，而且观察非常细腻。

腰果哥则仍旧一直在打电话，而另外一个之前不是很起眼的人——

霞月，也变得非常特殊，不知道是不是和糙汉待久了，越来越漂亮。

她本来就不难看，但进入山中之后，不仅没有像我们一样被晒黑，反而越发光彩照人，身段越来越好，一种巨大的魅力从她身上散发出来。赵海龙难以掩饰自己，经常看得眼睛都直了，不停地自言自语："女大十八变，变太快了吧。"

表面的美好气氛之下，是我内心不断翻腾的变化，罗子桑当时的表情，在我心中犹如梦魇一样挥之不去。我没有继续胡思乱想，毕竟当下最重要的是到达地图的终点，不过我在路上只要抓到机会，就去和罗子桑拉近关系，希望能够从他的话语里发现一些破绽。熟悉之后，罗子桑还给我讲了一个八卦：他之前搞研究的时候，经常做一个怪梦。

在那个梦里，他和一群古良渚人在一个巨大的山洞之中，虔诚地跪拜某一个神明，那个神明似乎栖身于山洞的顶部，火把无法照到顶部，所以上方漆黑一片，根本看不清楚上面到底有什么，只能感觉到有一道强烈的目光一直看着他们。那些古良渚人在尝试不同的方法，想要看清楚那个东西，似乎以此来证明自己的勇气，所以每次祭拜后，他们都会堆砌高高的柴堆，燃起熊熊火焰，试图照亮洞顶。但每当罗子桑想抬头看的时候，都有人死死按住他的脖子，警告道："千万不要看它。"

这个梦毫无缘由，但他却因此把古良渚人和洞穴联系在了一起。在我出现之后，他惊讶地发现，这种联系竟然在现实中出现了，所以才决定加入这支队伍。

"开始做这个梦的时候，我还在研究数学，甚至不知道良渚到底是什么，但这个梦持续不断地出现，梦中的那个火堆越来越大，火光越来越亮，我知道自己马上就要看见洞顶上的那个神明了，但我始终无法抬头，内心无比焦急。一次偶然的机会，我得知梦里的那些人是古良渚人，这才开始研究这个课题。"罗子桑说道，"可以说冥冥中注定，我要成为一个古文明学者。"

第
二
十
二
章

　　长话短说，我们一个山头一个山头地行进，之后再没有遇到什么
大困难，最多就是寻找坐标图上骷髅对应的地方，需要花费一些脚力。
十天之后，我们已经深入到了天目山腹地。

　　这里山头密集，海拔也高，峭壁突兀，沟壑纵横，已经真正属于
深山茂林区了。

　　腰果哥说在这里要找救援，只能找直升机了，四面到有人的地方
都在大概 100 千米外。浙江居然还有这样的深山，看来我之前对于祖
国幅员的辽阔认识还不够清晰。

　　很快我们终于到达了最后一幅山水画上的山谷里，与以往看到的
被高高低低的植被覆盖的相对平缓的山谷不同，这里真是一个奇异世
界，怪石林立，形态狰狞，悬崖绝壁间零星生长着一些灌木古树，山
谷深不见底，一直绵延至山体深处，夏民教授开始讲解，这里的地表
被强烈切割，褶皱变形，地形复杂，地貌独特，说是奇迹也不为过。

早在 1 亿多年前，由于地壳的碰撞挤压，形成了现在这样的深谷。这些石头，大多数是花岗岩，因火山活动时岩浆的作用，再加上风化侵蚀，就形成了现在这样的怪石奇观。

最后一幅山水图了，之前说过，这个系列的指示地图有一个特征，即地图上留白的地方，往往在现实中会有一座山体，然后骷髅是指向山体的一边的，那是正确的方向。

而在这幅山水图上，骷髅画在了山腰处。而且，这个骷髅和其他几幅画上的都不一样，它戴着一个帽子。这应该是目的地的标志了。我紧张起来了，此时才开始害怕，宋松会不会和我开了一个巨大玩笑，等我们找到这里才发现，终点什么都没有。

那座山就在我们眼前，骷髅标记的那个位置，是在一个非常陡峭的悬崖中段。

那不是一个小悬崖，而是在一些景区里我们能看到的那种真正的几百米高的崖壁，上面只有零星的灌木和几棵树木，其他全部都是石头，而且刀劈一般垂直。

是那种我看到了，就知道自己一辈子都不可能上去的地方。

我们都盯着那悬崖，并没有看到任何的洞，赵海龙开始整理绳子，似乎要准备攀岩了。

因为一旦进到洞里，就不会有任何的无线电信号了，所以在山脚下的时候，我们最后一次和救援队总部联系，告知位置，他们过来后就会在洞口等我们。到目前为止，送回去的玉琮还没有具体的消息，看来只有我们出来之后才能知道研究结果了。

后面的事情我长话短说，赵海龙和赵海仙带着我们到达了悬崖的顶部，然后放绳子下去，赵海龙做先锋去开线，率先从悬崖上攀爬下去，我们则在原地等他消息。

夏民就在上面喊："你不要破坏地质特征。"

"你这个老同志，攀岩钉总能打吧？"赵海龙问道。

"那个可以的，那个可以的！"夏民教授说道，然后很熟练地整理绳子。

赵海仙把绳子给我，然后把我和他系在一起，说道："实在害怕就闭上眼睛，你第一个下，我先带你，然后再上来接其他人。"

"不用，我不用第一个下。"我说道。

赵海仙捏住我的手腕，数了五秒："你脉搏太快了，相信我，最后一个下，恐慌症更容易发作。"

夏民则在边上一声不吭地就把他的绳子给我系好了。赵海仙教我：绳子要一松一放；要撞到山壁的时候用脚踩一下，不要让自己撞伤；遇到倒直角，假如踩不到山壁，导致身体凌空，并开始旋转，就耐心等待旋转结束，不要慌乱。

我还在消化他说的话呢，就听见赵海龙在对讲机里喊："快来，真的有洞！"

大家全部兴奋起来，但没有一个人敢把头探出悬崖，所有人都是一副想看又不敢看的模样，十分滑稽。

赵海仙对着对讲机说道："第一队下来了。"说完看了看我，我刚想说等一下，他一下拽着我滑出悬崖。我的双脚瞬间腾空了，几乎把我吓得魂飞魄散，在牵拉绳的拉力下，我被绳子拽着向悬崖靠去。

我低头看到脚下的万丈深渊，立即又闭上了眼睛，赵海仙说："用脚感受悬崖。"他的话音刚落，我的双脚就踩到了悬崖上，整个人稳定了下来。

"听我的指挥做动作。"赵海仙接着说道。

我小鸡啄米一样点头，然后和他一起同步地踢岩壁、放、松、滑落、停止……我发现根本没时间害怕，全部的精力都集中在动作的变化上，很快我就降到了赵海龙的位置，赵海仙把我的安全扣从他身上扣到赵海龙身上，等于把我交给了他哥，然后继续往上爬去接下一队人。

不一会儿，赵海龙就叫我睁开眼睛。

一睁开眼睛，我就看到了那个洞，洞口被灌木遮盖了，所以从远处看是看不到的，我就挂在它的面前。没有想到的是，这个洞太小了，小到我无法判断自己是否能钻得进去。

我看了一眼赵海龙，赵海龙对我道："放心，能进得去，而且你看——"

顺着他手指的方向，在洞口旁边的崖壁上，有一个骷髅的简易符号，骷髅的头上戴着一个帽子。

符号看上去有点年头了，我想挪动脚步去看看，冷不防发现脚下就是万丈深渊，浑身的鸡皮疙瘩都起来了，只好作罢。

赵海龙拉着我靠近洞口，我一点一点挪过去，用手电往里照，能看到四五米之后稍微宽敞一点。

赵海龙先钻了进去，然后拉着我，让我先把上半身挤进去，再解开我的安全扣让我脱离绳子。我努力往里挪了几下，算是整个人都进到了洞里。里面非常局促，坐也坐不直，非常别扭。

我用手电往里照，打量四周，这个洞的洞壁是平整的，明显被人雕琢过，深处则非常深邃。

　　接着就是罗子桑进来，我给他挪了点位置，他就坐在我边上，两个人面面相觑，脸色都很不好看。但赵海龙没让我们闲着，开始吆喝我们帮忙，第三批是装备，我们俩开始帮着把所有的背包一点一点运进来。

　　很快洞口附近就变得拥挤起来，我把装备往洞的深处拖，发现里面有很多"膨胀"的洞道区域，就是洞道到了这里之后忽然变高变大，我们就把装备都堆在了这里。

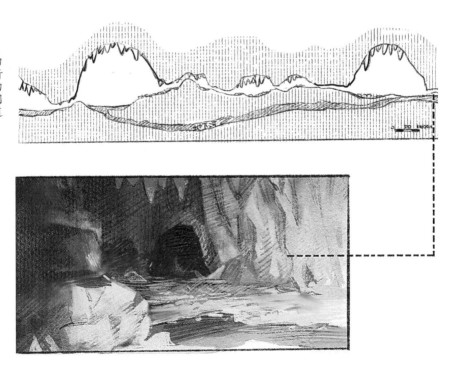

曲折的洞道

第三个进来的是夏民。他进来之后摸着洞壁感慨道："果然早就有古人来过这里了。"

"这种地方，他们是怎么发现的？"我问他。

夏民说道："人类天生就有探索的欲望，这里被发现是必然的。当人类生活在一个区域，两年内，那个区域所有的地貌和细节都会被摸索清楚，再小的洞都会被发现。老罗，这些是良渚文化时期留下来的吗？"

罗子桑却看着洞的深处，沉默不语，我们有些不解，夏民便把手电往洞里照去，只见刚才空无一物的山洞深处，出现了一个黑不溜秋的东西，正一晃一晃地走出来，好像是一块自己会动的石头。

第二十三章

所有人都没有动，眼睁睁看着那东西一点一点地从黑暗中走了出来。

我脑子嗡嗡的，心说怎么这么刺激，宋松就把石头放在洞口吗？这石头居然还能走出来迎接我们。

半分钟不到，那东西就走了出来，竟然是一只大鸟。

"赤腹鹰。"夏民喃喃道。

那老鹰看看我们，也有点不知所措，但它似乎并不害怕，继续朝我们慢慢地靠近。

"这种悬崖上的洞，很多被称为老鹰洞，因为老鹰最喜欢在这种洞里做巢。"赵海龙说道。

那老鹰像是耍赖一样，从我们之间的缝隙中穿过，我仿佛能听到它在说："借光，借光。"

我们不由自主地给它让出了一条路，它走到了洞口，站在那里似乎在思索什么，过了一会儿又看了看我们，仿佛在说："自便。"

接着它展翅而飞，很快就不见了。

所有人面面相觑，大概这就是老鹰里的"社牛"吧。

若干年后我才意识到，这只老鹰的状态其实是有问题的，用我家乡的话说，它正处于"晕鸟"状态，是在极为特殊的地质条件下才会产生的现象，而不是所谓的"社牛"。

大家沉默了一会儿，发现这个插曲似乎没有什么特殊的意义，于是夏民又追问了一遍刚才的问题。罗子桑拨开洞壁边缘厚厚的一层蝙蝠粪，似乎在找什么，然后说道："不知道，就算有残留的器皿，也在我们脚下的泥巴深处。如果这个洞是古良渚人加工的，他们可能是为了更方便地运出玉矿石。"

"但洞口这么小，怎么运输原石呢？"沈汤也进来了，听到罗子桑的话，也提了一个问题。

"可能还有其他口子，还没人找到，也可能古良渚人对原石进行了切割，这些都有可能。"

我看向罗子桑，又想起了罗子桑那个瞬间的奇怪状态。

现在想想，罗子桑那时的表情仍旧很古怪。但过了这么长时间，我又开始对自己当时的判断产生了怀疑。

休息了一会儿，夏民和罗子桑就商量往深处探探，我就问："不等等赵海龙兄弟吗？不是他们打先锋吗？"

夏民说道："还没有到真的探洞阶段，没关系的。"

十五分钟之后，夏民他们才回来。夏民很严肃地对所有人道："往里走，里面有一个小洞厅，我们在那里休整，记住我们训练的细节，洞穴是一个很神奇又瑰丽的地方，同时也非常无情和残忍。要记住，在洞穴里探险，蠢人是活不下来的。对于洞穴，大家一定要警惕并且敬重。"

赵海龙根本不以为然，在夏民说话的时候，他就开始录视频。

另一边，霞月也开始拍摄，她会在视频里讲解很多地理知识，我听她讲述之后，才知道很多洞穴的底部其实不是平坦的，多数是乱石，因为几千年下来，雨水降落形成的流水把碎石垃圾都冲进洞穴里，一层一层地往上铺，地面才变得平整，乱石则全部被埋在泥巴下面。

"有时候泥巴里面还会冒出水泡，这是因为里面还有鱼，我们有同事就喜欢在这种冒水泡的泥巴里钓鲇鱼，但大家知不知道，钓鱼人的特殊忌讳呢？"霞月在视频里问，但是她并没有顺势给出答案，似乎要故意卖关子。

我忍不住问她："钓鱼人有什么忌讳？"

"钓上死鱼，收竿就走。"她说道，"你竟然连这个都不知道，小时候我爸就和我说过，钓鱼的时候，如果你钓上来一条鱼，发现鱼是死的，而且已经发臭了，但鱼却是咬钩的，就要马上离开，因为这说明水里有其他东西把死鱼挂到了你的钩子上，想勾引你继续钓下去。你如果贪心，那很快就会钓上来非常可怕的东西。"

"会是什么东西？"

"不知道，反正你被水里的邪物盯上了。而且这种淤泥下面，肯定有死人，你小心走着走着，忽然有一只手伸出来，抓住你的脚踝。"她吓唬我道。

我觉得好笑，不去理她，我们开始弯着腰朝洞穴深处前进，走了四五分钟，人工开凿的痕迹就非常少了，蝙蝠粪也消失了，洞穴开始往下，路途也很不平坦，温度在快速下降。

又走了七八分钟，前面出现了一块巨大的石头，直接把洞堵住了，看样子是上面的岩层崩塌过一次，只有一边一条缝隙可以通过。我们挤过缝隙，后面直接就是下坡，坡道上全部都是巨大的石头，怪石嶙峋，几乎是爬着前进。

这样往下起码走了有 30 米的深度，才终于到达了那个洞厅，我刚才休息恢复的体力已经变本加厉地消失了，喘得像风箱一样。

洞厅不大，六七米高，没有钟乳石，最底下全部都是干掉的黄泥，非常平整，踩上去竟然是软的，往前又开始分岔，在主洞的边上出现了一条非常狭窄的缝隙一样的岔路。

两条道都是往下的，左边是大洞道，可以开一辆摩托车，右边是缝隙，人要侧身才能进去。

这时候，罗子桑拍了拍手，让大家注意，然后用手电照向一个方向，我们发现在一边的洞壁上，有一个更小的洞。

那个洞特别小，小到只能把头伸进去，人是根本进不去的。

"不会吧，我们往这儿走？"赵海龙觉得好笑。

"当然不是，但这个洞里有非常奇怪的东西，我希望你们都可以看一下。"罗子桑指了指那个小洞边上的另一个窟窿，"你们需要做的就是把手电从这个小窟窿伸进去，同时把头伸到小洞里。"

这个动作很丑，大家都有点犹豫，加上罗子桑一副看破不说破的样子，有点坏坏的，所有人都害怕被整。但我觉得罗子桑不是那种随便开玩笑的人，他应该是真的想让我们看什么东西。沉默了一会儿，我站了出来，看了罗子桑一眼，然后照着他说的去做了。

头刚伸入那个小洞，我就震惊了。

第
二
十
四
章

　　高流明手电把里面的巨大空间照得一片雪亮，我目瞪口呆，万万
没想到这个只能把头颅伸进去的小洞后面，竟然是一派极度宏大而不
可名状的自然景观。

　　这是一个几乎完全封闭的巨大洞厅，里面全部都是动物的遗骨，
整个洞底几乎都被堆满了。洞壁上则全部都是老鹰的巢，不止一个，
是世世代代老鹰的巢穴，放眼望去，起码有几十个。浙江现在只剩下
赤腹鹰这种小型鹰了，但这里有这么多巨大的大巢，说明当年有大型
鹰在这里栖息过。

　　底部的最上层的遗骨，依稀可以分辨出都是鱼、老鼠、黄鼠狼这
样的小型动物，但下面还有很多较大的骨头，估计是像猴子这样的较
大型动物，应该是几百年前栖息在这里的大型老鹰的猎物。我甚至还
看到了好几个头骨，也分辨不出来到底是猴子的还是人的。

　　这应当就是刚才那只红腹鹰的家，也不知道它的巢穴是哪一个。

里面一片漆黑，它又不是蝙蝠，到底是怎么看得见的。

罗子桑让我把手电关掉，我照做，里面顿时一片漆黑，我忽然感到有点害怕。罗子桑在旁边鼓励我再坚持一下，我闭上眼，稍微缓了缓，再睁开的时候，就看到下面的骨头堆逐渐散发出绿色的磷光。

原来是这样，是这些骨头一直在给这里照明。

我把头缩回来，其他人也纷纷学着我的样子去看。赵海龙他们几个忙不迭地开始拍摄，大家都啧啧称奇。按理说，队伍里的其他人都比我见多识广，如今一个个也表现出大开眼界的样子，显然这个洞十分罕见。大家惊叹之余，也都开始对我表示感谢，没有我这样的冤大头，他们也看不到如此奇观。

罗子桑这时说道："看一看我们就尽快出发，之前这里的老鹰那么多，如今只剩下一只，我们还是不要打扰它的生活了。"

赵海龙接道："我觉得这就是挑食造成的。你想啊，这些哥们儿专门吃鸟雀，鸟雀多难抓啊；如果它们改吃毛毛虫，保证这洞里都住不下它们的孩子。"

他们还是很热闹，一副没心没肺的样子，但我看到如此多的遗骨后，一下感觉整个山洞都变得阴森起来，我不由得想到那些死在里面的人，遗骨是否也会变成如此奇观。如今，我们早已远离了现代社会，进入地下深处，这些遗骨会不会就是我们将来的样子？

我第一次感觉到了真正的害怕，或者说，我第一次觉得，这个山洞里的那些怪石嶙峋的洞壁，似乎都是巨大生物的遗骨。相比之下，我自己则极为渺小和孤独，我们正在做一件非常不理智的事情，而这件事将带领我们走向彻底的毁灭。

此时，霞月拍了拍我，我才回过神来，她把补充能量的东西递给我。

她戴着探险头盔，显得非常可爱，眼睛也格外亮，我就奇怪起来，因为这女孩子的变化太大了，她在洞里变得极为漂亮。她发现我的眼神不对，就问我："怎么了？"

"你变得比较健康。"我委婉地说道。

霞月得意地看着我："吸收日月精华了呗，也许我是个妖精呢，现在回老巢了。"

我叹了口气，霞月继续道："你过来看一下，我和赵海仙在那个角落里发现一个奇怪的东西。"

我转过头去，就看到赵海仙在这个洞厅的角落里用手电指着一个地方，那儿确实有个隐隐的黑影。

其他人也纷纷被吸引了注意力，我们围过去，发现那个地方两块大石头的缝隙里，藏了一只满是灰尘、半埋在石子里的皮箱子。

箱子上还压了一块很大的石头，石头上摆着一只完全生锈的手表。

第
二
十
五
章

　　所有人一下子都沉默了，赵海仙率先走过去拿起手表，擦掉上面的灰尘，看了看，然后递给我。

　　夏民抢了过去，翻来覆去地看，然后看着那个箱子，分析道："这些是上一个探险队留下的。"

　　当年陈之垚打探到宋松的队伍进入了这个洞里，看来情报也没有错误。

　　用石头压着，是为了防止这里进水时，湍流把下面的箱子冲走。那箱子应该是防水箱，如今上面的防水层都翻起来了，像鳞片一样。

　　本来到了这里，所有人都有点兴高采烈，但此时，大家一下子又都沉默了，当年宋松的队伍肯定也是专业的，不知道碰到了什么意外，那我们这次进去，到底是凶还是吉呢？我觉得在场的每个人心里都应该冒出了这个念头。

　　"这些应该是他们的非探洞设备，我们等一下也要把非探洞设备

遗落的皮箱

留在这里，减轻负重。"

"只有一个人出来的话，确实没有必要把设备带走。"罗子桑幽幽地补充了一句话，让气氛彻底跌到谷底。

赵海龙过去，和赵海仙两个人搬开上面的大石头，石头在箱子的顶上压出了一个凹痕，彰显出岁月的痕迹。

箱子大概有茶几大小，没有上锁，只是有密封条，现在已经撕不掉了，用刀划了一下，整片开裂，然后直接就开了。

里面的东西保存得非常好，都是当年的一些露营装备，用完的炉子、防晒的东西，还有好几个钱包，都摆放得整整齐齐。

赵海龙翻开那些钱包，里面有各种毛票，都是之前版本的人民币，那时候流行在钱包里放照片，要么是自己的，要么是对象的。

我们翻看这些老照片，当年都是活生生来到这里的人，如今，即使在里面被找到，也应该都是枯骨了。这里没有野兽，尸体应该还算完好，只是不知道会在哪些角落。

赵海仙从里面拿出了一台小的磁带录音机，我知道当年这东西叫Walkman，是一种便携式的磁带播放机，用耳机听的。

录音机下面，还有两个磁带盒，打开之后是空的。

这东西是有钱人才有的，我当年就没有，曾羡慕得不行。

"这些东西可以还给他们的家人，大家放回去。"夏民说道，"这个工作确实有危险，但也不要害怕，这二十年时间，我们的专业度和设备都有了等级式的提升。"

赵海仙打开 Walkman，里面还有一盒磁带，是一盘白带子（用来自己录音的带子）。抠开 Walkman 的电池盒，里面的电池已经烂得变成碎屑了。他弄干净，用匕首刮了刮里面的垫片，然后抠出肩膀上肩灯的电池装了进去。

最后，他按了一下开关。

磁带转动了一会儿，却没有任何声音，赵海仙有些疑惑，我想了想，提醒他道："要先倒带，才可以开始播放。"

我们这才想起久远的使用步骤，赵海仙按下倒带的按钮，快速把磁带倒回到最开始的地方，再次按下播放键。一段沙沙的声音过后，一阵笑声首先传了出来。接着，一个男人的声音："它的重量正在变轻，我今天参与了搬运的工作，我们都有相同的体感，它的重量比之前变轻了。"

这个人沉默了一会儿，继续说道："他仍旧在和这个东西说话，而且已经不太避讳我们了，我觉得他应该不只是精神病这么简单。"

我看了看赵海仙，又看了看其他人，互相交换了一下疑惑的眼神。

什么东西变轻了？是那块石头吗？

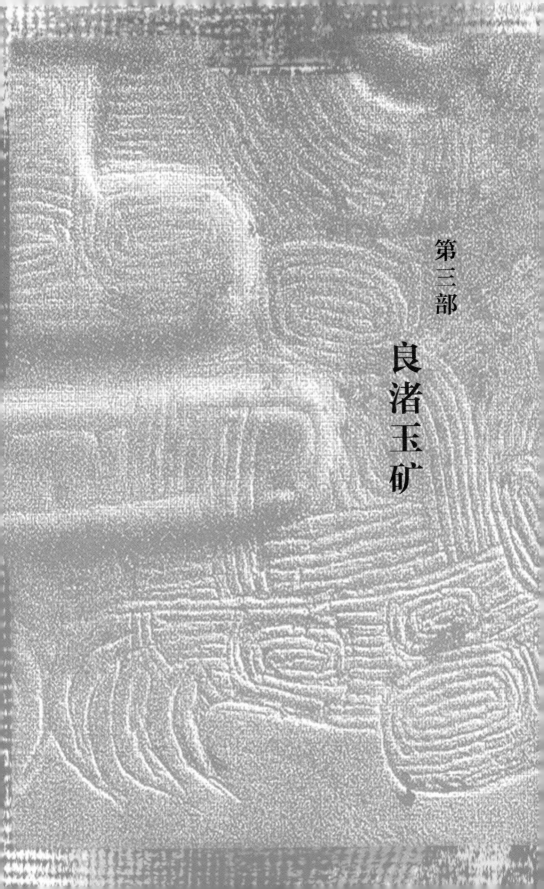

第三部

良渚玉矿

第二十六章

这盘录音带应该是前一支探险队里的人留下的录音日记，这一段录音应该是在路上录的。当时的录音带单面录音时长在四十分钟左右，赵海仙倒带完成后，带子是从头开始播放的。但这盘录音带并没有录满，总共的时长也不过十五分钟。

这就说明了一个情况：这是他沿途走到这里为止的最后一盘录音日记。按道理来说，之前应该还有已经录满的很多盘，按照日期排列，放在这个皮箱里。但箱子里没有其他磁带了，这些录音日记去了哪里？思来想去，我只能怀疑它们是被宋松出来的时候带走了，他不想让别人知道沿途发生的事情，但不知为什么，他忘记拿走放在 Walkman 里的最后一盘。

这最后一盘磁带，应该记录了当事人留下 Walkman，进入山洞失踪之前的最后一段时光。

这盘磁带的第一段录音肯定是在洞外录的，还能听到背景中有鸟叫声，由于前面缺失了太多的录音，所以最初听起来有些摸不着头脑，但听了一会儿，我大概明白了他们当时是处于什么样的一种情况。

他们高度怀疑宋松是一个精神病人，这个录音日记的主人是一个被雇用的地质系的学生，他是为了钱参加的这个队伍，所以任务只是服从命令。听起来，他们这一队人的人数比我想象中的要多很多，有相当一部分人要轮流参与搬运石头。

随着时间的推移，所有人都开始觉得，石头正在变轻，而这件事情似乎让他们口中的老板，变得非常犹豫。

这个老板，我认为就是宋松，但他在录音里没有直呼其名。

而这个老板还有一个非常匪夷所思的举动，就是每天晚上都和这块石头一起入睡。

其他人在外面听到他一直在帐篷里自言自语，时间久了之后，大家渐渐意识到，他是在和这块石头说话。

"在进洞之前，我们和老板喝了一次酒，有一个人喝多了，直接就问老板，那东西到底是什么。"录音继续播放着，"老板就给我们讲了一个故事，也就是他找到这块石头的故事，这个故事不同于先前我听过的任何一个故事，它太诡异了，应该没有人会相信这个故事是真的。"

"今天我又看到了那块石头，石头的表面已经开裂。他们都说石头里面的妖怪要出来了，很多人和石头单独待着的时候，都说石头在看着自己，那里面有一个妖怪。但我觉得不是这样的，我觉得这块石头，似乎要死了。"

"我今天仔细观察了老板的状态，我觉得他并不是在担心石头死亡，而是在恐惧什么。"录音带沉默了一会儿，继续播放，"也许我错了，石头里面真的有东西，又或者是，还有我不知道的隐情。"

这是偏中间的三段录音，我认为比较有价值。

接着他又讲了一些其他事情，我从中得知，上一支队伍带了非常多的绳子。

"这些绳子的数量，足够我们在地下行进几个月，真是神奇！如果这段旅途那么远，那现在的酬劳肯定是不够的。"然后隔了一会儿，他又说道，"但我们真的要走那么深吗？"

然后有一声很重的叹息，我觉得他对于后面的旅途已经产生了不好的预感。

再往后，有一段很长的录音，这段录音让人非常难受，晦涩莫名，但其中隐藏的信息非常多，可一直到最后我才完全明白，他到底说的是什么。

为了让大家感同身受，我把整段录音抄录在了下方：

"今天，（喘气，平复心情）老板和我们说了实话。啧，我们已经到洞口了，把东西弄下来，费了很大的力气。队伍里有人一眼就看出这个洞穴不是很对。啧，在洞口，他才和我们说这些，让我们决定要不要继续下去，因为到了这里，那块石头已经不需要那么多人搬运了，它已经变得非常轻。（停顿，大约有一分钟）这里太挤了，他们都在……我找个地方。（移动的声音）好了，我得一口气把事情说完，我需要组织一下语言，我……我相信他说的是真的，我也相信大部分人都会相信，因为今天……今天那块石头——"

（他沉默了一会儿）

"今天那块石头……我看到了一点东西，它……它真的有很大的问题，我说不清楚我看到了什么，但那太惊人了。（组织语言的喘气）好了，我不说，我不会说的。"

在那个瞬间，我意识到他身边是有东西的，似乎是人，但我在录音里完全听不到边上有人的气息。

"老板……老板给我们讲了这一次来这里的真实目的。他给我们讲了三个故事，他说，你相信哪个故事，就可以走到哪一层。这三个故事几乎颠覆了我的认知。我想，相信第一个故事的人多一点吧，老板说我们这些能走到三四层左右；有些人相信第二个故事，老板说他们最多能走到第五六层；相信第三个故事的人，老板则说，他们能走到第十九层。我并不知道是什么意思，也不知道这些层是什么意思，但是老板和我说，必须相信那些故事才能走下去，因为路途中，有太多不相信就无法再前进的困难。"

（长时间的沉默）

"我觉得第一个故事可信度高一点，其他两个故事，实在是荒谬。"

（思考的停顿）

"第一个故事很简单。他告诉我，那儿有一个玉矿，是浙江一个叫作良渚的古文明的矿脉，那里还有一个已经完全垮塌的玉石祭坛。如果在那个祭坛附近待得久了，还能够听到玉发出的声音，其中会有一些声音告诉你，祭坛之下还有另外一个世界，告诉你该如何往下走。如果你相信它，跟着它的指示走，你就能在那堆石头里，找到一块特殊的石头。那块特殊的石头似乎有某种神力：如果它认可你，就会为你打开下一段旅程的大门；如果它不认可你，那么你的旅程就停止了。"

（停顿）

他说得比较玄乎，我复述出来可能没那么吓人，但从录音里听他说那些细节，真的很让人毛骨悚然。

（迟疑的口水音）

"如果那块石头认可了你，你就得按照它的指示去完成一件事情，才能继续往下，那个要求往往非常可怕，比如说，它可能要求你杀死自己的同伴，所以真正能够继续往下的人非常少。

"而他当时得到的继续往下的要求，是把这块石头带出洞去，看一看洞外的世界。如今，他要把这块石头带回去。同时，石头允诺，在回去之后，他就可以继续往下，完成之前没有完成的旅途。"

从他的语气可以听出，他完全不认可这种说法，也就是说，他连第一个故事都不相信。

"我追问他，石头是否真的能说话，他说他也不知道，那只是一种感觉，感觉石头在和他交流。他觉得那块石头上发生的事情，完全可以用科学解释，但他不能告诉我。不过他让我们放心，那石头一定不是妖怪，只是一种科学现象。

"说实话，我是不相信的，因为我看到过那块石头的特殊情况，那玩意儿肯定是一个妖怪。"

这里的语气也是迟疑的，说明他并不理解自己看到的东西，也不知道该如何形容它。

又沉默了一会儿，他似乎放弃思考这个事情，语气变得笃定起来。

"不过随行的专家和我们说，良渚玉矿的事情很可能是真的。如果是真的，那么我这一次来，不仅可以获得酬劳，还能获得成就，（暂停）我还是得进去，虽然我觉得我一定会后悔。"

这一段之后，大概有三分钟的空白录音，他没有说话，录音机也没有暂停，我觉得他是在思考。

但是他并没有继续再说话，之后就是队伍在这里清理装备，他放下录音机前留下的最后一段录音：

"马上就要正式进洞了，应该会有一些发现。进来的洞壁上有很多人工的痕迹，可能在古时候是个大工程，领队说不要带多余的设备进去，我的电池也快没电了，这东西就留在这里算了。本来我们是允许带一点娱乐设备进去的，但带着一块巨大的石头，实在不好操作——来了来了，别催——祝我们好运吧，我们会开创时代的，这个洞里的东西会震惊世界。"

后面就再也没有声音了，录音的人大概录到这里就把录音机留下了。

所有人都面面相觑，因为消磁加上含糊的口水音，里面有很多话语缺失和听不清的地方，有很多信息都是我根据语境补全的。这个人还带着一点地方口音，所以我觉得其他人也未必全都听懂了。

"所以，他们也是到了这里，才确定了下面可能有玉矿。"夏民的关注点始终在矿上，"这是不是可以说，这些人可以不再前进，是宋松骗他们继续前进的？"

罗子桑看了看我，说道："这里的痕迹不可能骗人，肯定和良渚有关。我相信宋松说的是真的，这录音只是其中一个人的想法，不太可能是真相。我们现在唯一能确定的，就是宋松确实把石头搬了下去，而石头正在变轻，石头变轻可能是一种挥发效应。至于这些故事，说实话我也听不太懂，有点像阿拉伯的《一千零一夜》故事，我们可以不用太当真。"

赵海仙的眉头紧锁，似乎并不认同，但他没有说什么。

我现在十分确定，其他录音带大概就是宋松在出来的时候带走了，这么多东西他都没拿，却把记录了一路经历的录音日记拿走，看样子宋松是希望这里的事永远不见天日。

还可以肯定的是，宋松自始至终都是相信并且在宣扬洞穴是分层的，只是在这个录音里，多出了一些新的细节，听着确实像是故意杜撰的，想要引人继续往下。

而这还只是第一个故事，其他两个故事没有记录，但第一个故事已经这么离谱了，后两个只会更加匪夷所思。

夏民拍了拍赵海仙，示意不要太关注前人留下的东西了，这样对队员的情绪不好。

赵海仙点点头，看了我一眼，然后偷偷把这个 Walkman 放进了自己的干衣裤兜里。

我没有阻止他，转头去看其他地方，心里却翻腾起来，宋松真的带着一块巨大的石头，来到了这里，而我们现在要重走他的道路了，这感觉有些难以言表。

不过从最后那段录音中，能听出这些人进去时似乎还抱有很远大的理想，我总觉得他所说的开创时代，应该不是指学术意义上的，两段录音的情绪也不对，之前的独白充满了疑惑，还带有一定的自我怀疑，但最后进去的时候，却十分笃定和自信，所以其间他们是不是还聊了什么呢？

"震惊世界"又是什么意思？当时良渚文明的重要性还没有被学术界重视，为什么忽然用了这样一个词语？

　　洞的深处，到底有什么呢？

第二十七章

我们最终也和他们一样，留下了没有必要的东西，然后轻装上阵，继续往前。在岔路口，霞月找到了上一支队伍的记号。

出乎我的意料，正确的道路竟然是那条狭窄的小路，在小路上方比较高的地方，有非常专业的反光漆，如今我们用手电照上去还会反光，应该是当年留下的，当时队伍的装备应该也不差。

走的时候，我回头看了看他们的箱子，和我们留下的一包东西遥相呼应，之前那种不祥感还是挥之不去，心里难受得紧。

继续往下走，大概用一个小时通过了一个人宽的裂缝区域，洞穴又恢复了之前的洞貌。之后很长一段都是这样的，嶙峋的怪石挡着路。在石头中间，我们要么攀爬，要么找缝隙穿行。洞不高，有些石头大的直接顶到了洞顶，时常让我产生这是一条死路的错觉。

一路向下大概又走了两个多小时，我们开始听到了水声，不知道水是从哪里来的。

夏民说:"我说吧,肯定会和溶洞相连,我们已经从山体进入了地下,现在应该在刚才那座山的底部了。"

在这两个小时里,队伍发生了很大的变化。我、夏民和罗子桑,还有沈汤成为一个梯队的。赵海龙兄弟和霞月他们起码领先了我们1千米,他们走这些路毫无压力,如履平地,而我们在很多地段,行动如同树懒。

山洞一角

腰果哥则成为我们这支拖后腿队伍的先锋，一直在照顾我们。

我们衣服的前面和后面都有垂着的照地灯，是为了防止踩空。

这一路无话，又过了大概三个小时，这个山洞第一次和地下河交汇，水流从我们脚下的石头缝隙间冲过，寒气逼人。

这些石头被冲刷的部分，都被磨得有点像石林景色里的怪石柱。在水流的侵蚀下，有的石头会呈现出鳞片状，原因是一块岩石内往往含有多种矿物质，但不同矿物质溶于水的速度不一样，有些先溶于水，随水流冲刷走了，有些就比较坚硬。时间一长，石头表面就凹凸不平了，形成了鳞片状的东西。

水流侵蚀后的岩石

这里的石头已经和上面的很不一样了，其中一些还呈现出黄褐色条斑，在手电光下，有些石头里还能看到一些金色晶体。夏民解释道："金色的是石头的矿石性使然，因为含有铁、金或者其他元素而呈现金色、黄褐色。很多矿石里都有金色，比如大理岩、蛇纹岩等。"

我记得蛇纹岩是玉石的一种，是良渚玉重要的原材料之一，这是不是说明，我们开始接近玉矿的线索了。

但夏民很快就笑着摇头："这里只有零星的矿石，还没有形成矿脉。"

又继续走了一段，洞底就比较平坦了，石头都差不多高，踩着比较舒服。

夏民预言马上就会有洞厅，果然走了四五分钟，面前就出现了一个，这个洞厅很大，大概有 10 米高。洞厅的底部虽然是平坦的石子和淤泥，但有积水，增加了行进的难度。

我们的衣服虽然有一定的防水功能，但肯定是没有办法在这里休息了。

就在我们丧气的时候——因为这里不能休息，就得继续往前走，现在已经快 12 点了，探洞的体力消耗大概是外面行走的十倍吧，我已经感觉不到我的腿了——忽然，赵海龙从我们的头顶上出现，然后对我们叫："这里！"

我抬头，发现洞壁上有很多水蚀洞，但是有七八米高。

"这种洞下雨的时候会有水冲出来，非常危险。"夏民警告道。

"没事的，这是几千年前水蚀出来的洞，后来应该源头坍塌后被堵死了，已经很久没有走水了。"赵海龙说，"在这儿休息吧，前面我们探过 4 千米了，没有能休息的地方，你们爬到天亮都找不到地方

放睡袋的。"

我们想了想，只好同意。夏民先被拉上去，仔细检查那些水蚀洞后说："哪有那么绝对的事情，这要下雨天才知道。"但他也没有提再往前走了。

这些洞大概半人高，洞洞相连，很是有趣。霞月开始做晚饭，沈汤过去和她说悄悄话，然后两人一起走开了，估计是去上厕所。我们则给自己找平坦的地方铺放睡袋。

人多挤在一个区域，加上炉子里的火，洞里很快就暖和了起来。我开始记笔记，但写了两三句话，就开始不可抑制地犯困，这个运动量对于我来说，实在是太大了。我缩进睡袋，就在他们讨论和闲聊的过程中，很快睡着了，我实在是太疲倦了。

不知睡了多久，我迷迷糊糊醒来，腿和腰都酸得不行，我躺着努力给自己做拉伸，找到了一个舒服的姿势。

但躺好才发现，这个舒服的姿势，让我所处的境地变得非常恐怖，因为我的右边是另一个岔洞，看上去就是一个黑洞，不知道通向哪里。我是一个写小说的，想象力丰富，这个黑漆漆的孔洞太吓人了。但是我的头往右，我的背是舒服的。身体最大，我就伸手把夜灯从左边拿到了右边。右边那个黑洞一下子就被照亮，能见度从 1 米变到了 10 米。

洞穴深处

但就在那个瞬间，我看到 10 米外黑暗和光的交界处，蹲着一个人。

这个人不是我们队伍里的任何人，那是一张陌生人的脸。他看着我，完全地面无表情。

看到人的那个瞬间，我的脑子是空白的，后脑直接麻了，好在这里很冷，几秒后我反应了过来，却发现那边除了黑暗，什么都没有。

我看着那盏夜灯，如果再往前推推，它能照射到更深的区域，但是我不敢去推它。

一时僵持在这儿了。

第二十八章

　　我小时候就经常这样，既没有勇气前进，也没有办法安心躺平。小时候我真不知道人真的会有那么多进退两难，只是性格使然。但僵持和犹豫往往会造成恶果，几次之后，我开始践行一种我自己内心其实不接受的做事方式，就是迎难而上。这种思维方式每次都会让我既难受又害怕，比如说进洞前在悬崖上速降，以前我会在山顶待上一天，左右犹豫，但现在我的身体会主动选择迎难而上，把自己逼着往前解决问题。可能一路过来，所有的结果都是好的，我人生中也多了很多刺激体验。所以，在关键时候，我如今会越来越倾向坚定地选择面对。

　　此时就需要做此时应该做的事情。

　　我起身爬到赵海龙身边，把他拍醒。他睡得非常香，醒了之后一脸蒙地看着我，我说道："这里好像有其他人。"

　　赵海龙就笑了："怎么可能？要么就闹鬼了，睡觉吧。"

　　我把他拽起来："你跟我过去看看。"

赵海龙是个单纯的人，他揉着眼睛起来，披上衣服。我爬回刚才我看到东西的岔道，然后举起冷光灯，开始往前蹲着探索，赵海龙跟在后面。很快，我就到了我看到人的那个位置，这里有一块石头卡着。那石头很大，两边有缝隙，但人是过不来的。这是一条死坑道。

　　赵海龙看着我："你是看到这块石头了吧？你看啊，这是头，这是身体，在光影下乍一看，确实很像人。你第一次下地，这样一惊一乍很正常。你放心，洞里比你想的安全。"

　　我举着冷光灯前后测试了一下，确实，在比较远的光影下，那石头像一个蹲着的人。我的内心动摇了，此时再回忆当时的瞬间，甚至觉得已经记不清了。

　　赵海龙看了看身后，掏出一支烟开始抽。夏民在，肯定不让他抽，一路上他憋得够呛。

　　"你不是进洞抽电子烟吗？"

　　"没进钟乳洞，没事，石头哪有那么容易受损！"赵海龙不屑地看着夏民的方向，快速抽完，然后把烟头从石头的缝隙里弹到了对面，"爽了，继续睡觉。"

　　我躺回睡袋里，把夜灯往前推，一直推到能看到那块石头。

　　这是条死路，我安心了很多，又重新回忆了一遍刚才所见，我再次觉得那确实是一个陌生人，怎么会把石头的光影都看错了！

　　但人到一定年纪，真的就不会太相信自己的记忆了，因为很多笃定的记忆，其实回想起来会发现根本不是那么回事。

　　我拿出速效安眠药，吃了下去，然后睁眼看着那块石头，我好像是睁着眼睛直接睡着的，记忆中根本没有自己睡着的那个瞬间。醒来的时候，所有人都已经起来了，早饭都煮好了，大家都在吃。

睡地上难免腰酸，我起来后活动了一下，腰酸也缓解了。赵海龙正在摆弄摄像机，他应该和其他人说了昨晚的事情，因为霞月取笑我："怎么？昨晚看到鬼了，大作家？"

我笑笑，尴尬是有一点，但我不是特别要脸，胆小也没有什么不好承认的。

"类像效应，这很正常，以前人类为了能够早点发现猫科动物，对于平面的脸部识别能力很强，因为猫科动物总是隐藏在草丛里，有保护色。人类如果不是那么风声鹤唳，早被吃光了。"罗子桑幽幽地说道，"自己被自己吓到，总好过看不到老虎。"

"好了，这个事过了。"我说道。

说有人他们都不信，说闹鬼就更没人信了。

我刚想走，就看到赵海龙伸手拦住了我，我看向他，心说你让我被人嘲笑还不够？还要拦住我，让我在固定地点被人嘲笑吗？

他就说道："等一等。你昨天说那边有东西，我就把摄像机朝着那儿拍摄了，好像拍到了一点东西。"

大家都去看他拍到了什么。镜头里，他的摄像头稳稳地对着我，还能听到我的呼噜声。镜头对着的正是那块石头的位置，画面安静了几秒，忽然，那石头边上的缝隙里，伸出了什么东西。

那竟然像是一只极细的枯槁的手，从赵海龙丢烟头的缝隙里伸了出来。那手非常长，根本不似人类的手的长度，它直接朝我慢慢伸了过来，一直到了我的脸边上。

我整个人几乎要窒息了。接着，那手似乎把什么东西，慢慢地放到了我的脖子里。

我下意识去摸我的脖子，立即就摸到一个异物。拿出来一看，竟然是赵海龙的烟头。我脸色惨白，四周的人也都不言语，都被这画面震惊了。

"这是什么东西？"我问赵海龙。

赵海龙摇头，他和赵海仙对视了一眼，两个人走过去开始尝试把那块石头搬开。尽管吃力，但还是把石头挪开了一点，露出了石头后面的通道。赵海龙用手电照了照，就在这时，一只细长的枯手忽然从石头后面的缝隙里伸了出来，一下抓住了赵海龙的脸。那手指非常长，直接把赵海龙的头拖进了缝隙里，他整个人被拽得弓了起来。

接着，从那缝隙里又伸出来一只枯手，慢慢地朝我们靠近。不知道为什么，我完全无法挪动脚步，而四周已经看不到任何人了。

手慢慢地伸到我的面前，把一个什么东西塞进了我的嘴巴里，像是录音机的磁带。那手指一直往我的喉咙里塞，这种感觉非常难以形容。

我在惊恐中醒了过来，大吼了一声，发现霞月凑在我的脸边上，离我非常近。我立即坐起来，差点撞到她。她脸有点红，转身走回她自己的睡袋里去了。我看到她手里拿着 GoPro（运动相机），似乎刚才在偷拍我。

我立即摸了摸自己的喉咙，发现喉咙很疼，但似乎是打呼噜打的。所有人都在睡觉，还没到起床的时候，看样子我是做了一个非常具体的噩梦。

我再次朝那块石头的方向看了看，忽然觉得喉咙非常难受，干呕了几下，喉咙里仿佛出现了塞满磁带的感觉，但几秒钟之后，这种感觉又消失了。

怎么会做那么怪的梦？不过在清醒的几秒里，我很快就开始记不起刚才发生了什么，整个人迷迷糊糊的。

就在我继续躺下的瞬间，我再次看到石头那边，蹲着一个人。我立即睁大双眼，瞪着那个方向。有一瞬间，我似乎看得更清楚了一点，但等我完全反应过来，那还是一块石头。

第二十九章

第二天，我们再次出发。

我对于昨晚的事其实不能释怀，因为那个梦非常奇怪，而且最后一次，我觉得自己真的看到了石头边蹲着的人，但我不敢说出来。如果当时把之前探险队遗留在钱包里的照片都收集起来，现在说不定能比对出什么来。想着想着，我就沉默起来，觉得自己可能是压力太大了。

事实上，这个梦对整个事件非常重要，而我是在很久之后，才意识到这一点的，这里我不能提前透露，唯一能说的是，我是在手术台上发现这个梦的蹊跷，但那是很后面的事了。

如赵海龙兄弟所言，继续往前走，一路几乎都是30度的陡坡，乱石路往下延伸，洞穴不时收缩到只能一人通过，地下河时不时和我们交会。终于，我们下到了一处悬崖边。在这里，能清晰地看到地下河变成瀑布，倾泻而下。赵海仙看了我一眼，把手电打到最亮，前面瞬间被照亮——我们来到了一个巨大的洞厅。

这个洞厅起码有 300 多米高，大概有足球场那么大，整体是一个腰果形状，有三条瀑布从洞厅洞壁的三个口子喷出来。我们现在位于它的洞壁中段，站在一个瀑布口上。瀑布大概150米高，底下是一个深潭。潭水在远处流进了一个深不可测的洞里。这里有真正的奇观了，洞顶无数的钟乳垂下，无比壮观。在光线下，潭水竟然是乳白色的，如同琼浆。

所有人开始欢呼起来。赵海仙对赵海龙说道："接下来要走水路了，得潜水。"

"游泳下水路，什么潜水，你是不是兴奋得语无伦次了？"赵海龙笑道。

赵海仙没说话，罗子桑解释道："第一，这一路走过来，我们差不多已经可以推测这条水道是当年良渚人必经之地，他们在陆地的证据全部都埋在山洞的岩层土层里了，我们的装备不够，无法挖掘。但这里的水下我们是很容易到达的，按道理水下也应该有文物。如果我们在水底看到良渚的文物，那就可以在现实证据上宣布，我们的考察方向对了。我们这一次真的可能会发现什么。"

我们还在消化，他指着一边的洞口继续道："第二，你们想，如果水位再高一点，是不是那个出水的洞就会被淹没？那么我们到了这里，是不是就不知道该继续往哪里走了？换言之，我们现在觉得是这个方向，是因为恰好这个洞露出来了，但水下是不是还有别的出水口，现在谁也不知道。水面上只看到一个洞，但水下也许还有四五个，然后洞壁上的其他瀑布口里也有可能藏有正确的路。而且，我们现在还没有看到他们的路标，所以目前哪个洞是下一段的入口，包括水下可能隐藏的出水口，都要谨慎对待。"

所有人听了，都觉得很有道理，罗子桑的分析还是很能说服人的。赵海龙动作快，已经开始拆装备了。

"这下面的水潭也不知道有多深。"罗子桑问道，"你行吗？我有潜水经验，如果你们这方面的经验不足，我可以打先锋。"

"不会太深的，因为这个洞厅已经非常高。现在是枯水期，按道理，下面自由潜水绝对能到底。我们年轻人先下吧，确定安全之后您再下。"赵海龙看着我，又看了看罗子桑的腿部，意思很明显，"潜水衣有几件？谁和我下去？"

自由潜需要憋气，凭借一口气，下潜到水下几米至几十米的深度。深入到水下，即使只有几米，那也是水下，其实这已经算深潜了。没有带氧气瓶，只能自由下潜了。

作为一个作家，按理说，我应该没有这个技能，但霞月直接透露出我当年度假时候曾经潜过水，还得到了教练的好评，以致我不得不举手参加，同时悔恨自己在社交媒体上发了太多私人信息。

我、霞月、赵海龙兄弟，都换上了潜水服，顶着瀑布，速降到水潭，水冰凉刺骨。不过，现在的高科技潜水服非常厉害，我还可以保持核心体温。在这里潜水最怕的就是看不清楚，因为水很浑浊，但这种怕仅仅只是感性层面的，比起攀岩，这不算什么难事。罗子桑把假腿卸掉了，和夏民等人在水里漂着，腰果哥去前面找有没有可以休息的地方。

我们带上潜水镜，四个人憋气开始往下，没有脚蹼，就只能依靠体力。头灯的功率很大，我们看到水里悬浮着大量头皮屑一样的东西，像下雪了一样，非常影响能见度。往下潜了六七米，我们果真看到了底部。但此时，我已经力竭，体力不够，只能上浮上去，大口呼吸后深吸一口气，再下潜。

我追着他们的灯光一直潜下去，看到他们已经到底了，地下全部都是被水流磨圆的大石头，很神奇的景观。他们在水里的小碎石头里翻找着什么，赵海龙同时还在用潜水摄像机录像。在水中，霞月的身段全部展露了出来，像一条美人鱼一样，比我们中的任何一人都要灵活很多。这时，他们三人上去换气，我的气还够，就一个人在下面寻找。

我看过一些水下纪录片，所以并不觉得自己能发现什么真正有用的东西。这里每年都有雨季，水流湍急，就算有文物也可能全都粉碎了，所以我内心觉得唯一可能在这里发现的，应该是陶器的碎片。良渚陶器非常有特点，造型偏规整，基本是黑陶。只要找到几块，几乎立即就能把这里和良渚拉上关系。但在这种水流很湍急的水潭底，几千年下来，陶片也早就变成小石粒子了，只有卡在石头缝隙里的，也许体积还能稍微大一点。这就需要很仔细地找。

很快，我第二次的气也用尽了，就想往上浮。突然，我发现水底有一块石头，上面全是空洞，犹如马蜂窝一样。我努力憋住气，游过去就发现那是一块白色的玉质石，不知道是不是良渚的玉矿石，上面的孔洞是人工凿出来的。而再靠近一些就能看到，这块玉石十分特别，上面竟然有一种古生物的化石，非常清晰，那是一只巨大的螺的形状，似乎是某种菊石。

含有螺形古生物化石的透闪石（虚构）

第
三
十
章

　　那一刻我心念如电，时间仿佛都变得缓慢起来，我全部的注意力都集中到了这块石头上。这个过程其实不过几秒钟，但后来在我的回忆中，时间却极为漫长。

　　我绕着石头游了一圈，才感觉到肺部痉挛，气要耗尽了。

　　"咔"一声，我用水下相机拍了一张照片，然后赶紧上浮，再不上去，我估计就得溺毙在这里了。

　　上浮之后，前方有灯光亮起，眼睛适应了光线之后，我发现是罗子桑和夏民他们在一边洞壁上找了一块突起的地方，能勉勉强强地坐着休息，赵海龙他们已经又回水下继续探索了，我爬上去，来到夏民和罗子桑身边，给他俩看我拍到的东西。

　　我把水下相机的图像推送到 iPad 上，这么看，拍得没有那么清楚，好在基本细节都出来了。

　　我焦急地等着两位专家给结论。他们两个人沉默地看着，放大缩小，再放大再缩小，看了一会儿，夏民才说道："石头是透闪石，一般来说，它里面不会有化石，这肯定是在极其特殊的情况下才形成的。"

"什么特殊的情况？"

"非常罕见的情况，需要一种复杂的地质运动，把两种石头——"夏民想了想，决定不和我讲细节了，说道，"你只需要知道，产生化石的环境和产生透闪石的环境是截然不同的，这种情况的产生，最大的可能性是化石和一些透闪石的组成部分，像是云母、石英，因为某种地质运动被搞到了同一个地方，巧合之下才形成了这种东西。"

罗子桑指着那块石头的边缘，说道："古人采集这种矿石的时候，保留了意外与其融合的整块化石的形状，他们应该也觉得很神奇。这个螺应该是侏罗纪时候的一种菊石，具体品种我就不了解了。"

菊石始现于约4亿年前的泥盆纪初期，是从鹦鹉螺目进化而来的海洋软体动物。这种动物在白垩纪晚期随恐龙一起灭绝了。上亿年过去后，被埋在土里的它们已经矿化，成了化石。

"当时的螺那么大吗？"沈汤问道，"教科书上看到的没有那么大。"

"白垩纪晚期，大型恐龙在陆地上漫游之时，海洋软体动物的数量暴增，同时菊石种类以及体积多样化也达到了顶峰。"罗子桑说道。

夏民也解释道："最大的菊石直径有2米多，叫副·普若斯菊石，也叫德国巨菊石，德国明斯特自然博物馆就有。"

"这块石头对于采矿来说，是否是反逻辑的？这意味着他们需要把如此巨大的化石整体搬运出去，恐怕我们进来的那个口子是出不去的。就我们刚走过的路，如果要运输石头，最好的办法是将其切割成篮球大小。"夏民问道。

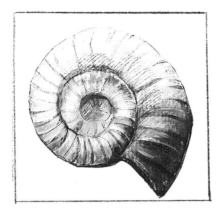

★菊
石

★菊石最早出现在古生代泥盆纪初期，属于头足类动物，小的仅有几毫米，大的能
达到 2 米多。

"那有没有可能这个菊石只是一个特例？他们挖玉石，挖到了非常好看的，于是就希望把整块玉石献给部落首领。但到了这里发现搬不出去了，就直接抛弃在这了。"

讨论完，我就意识到不是这样的。因为之前我们发现宋松搜集的一堆玉琮，也非常像是一块海洋生物化石整体分解形成的，这说明在实际加工的时候，他们还是会把化石全部切割成碎片。

而我照片上的这块石头，上面已经有很多开孔，是否就是挖玉的痕迹？这石头就是在这里被加工成碎片运出去的，下面其实是一个石头加工场？

"我们无法回到过去，无法理解这块石头为什么在这里。古人到底是怎么想的，这没关系——"罗子桑说，"但这块石头和这里其他的石头材质都不一样，说明确实有古人从更深的地方采集玉矿石往外运。朋友们，我们离宋松的推断已经很近了，我觉得可以宣布这就是我们良渚玉矿探险的里程碑了——"

"一定是古良渚人吗？"我问道，难道不会是其他文明的痕迹吗？

"古良渚人制玉多用透闪石，要百分之百确定这个矿就是良渚的矿，还要采集样本去做鉴定，看是否和良渚玉器同源。从目前看，这里应该是离良渚古城最近的透闪石矿脉了，我内心已经很确定了。我只能说，我个人认为，咱们旅途的尽头，一定是良渚考古界找了近百年的良渚玉矿。"

大家都振奋起来，夏民更加兴奋，开始有点语无伦次，在那里摸着脑门："无心插柳，无心插柳……"

看着那个菊石，其实我觉得那化石那么大有点吓人，罗子桑也还在盯着看那图片，我刚想说话，他就对我道："把你的衣服给我，我要下去亲眼看看。"

"没必要，这下面非常冷。"我说道，"海龙他们会有更详细的图像资料，再等等吧。"

"我得下去看看。"罗子桑看着我，眼神不容拒绝。

我只得脱下衣服给他，他吃力地换起来。等赵海龙他们出水换气的时候，看到罗子桑要下来，都惊呆了。

罗子桑下水之前，先在边上喘了一会儿气，似乎有一些紧张，但还是跳了下去。因为残疾，他只能用手和腰往下，但说实话，他的身材和肌肉保持得非常好，还是能够顺利往下潜的。

我给他指了一个大概的位置，他就开始往下潜。

我在上面等他们上来，这时候才知道这种煎熬——你知道水下肯定还有很多信息，本来还可以在水里来回游，享受这种探索的快感，如今只能坐在屁股大的石头上，等下面的人上来。

很快，赵海龙就上来了，他的衣服质量不好，已经漏水了。他冻得浑身发冷，爬上来把手机交给我处理，自己就去擦干身体。夏民对他道："你得看着老罗，他不行的。"

"他游得挺好，放心吧。"赵海龙嫌夏民烦，直接怼了一句，然后轻声对我说，"发现陶片了。"

"黑色的吗？"我赶紧问。

"都是黑色的。"赵海龙说道，"我们是不是要出名了？"

我拍了他一下，让他不要口出狂言："等罗老师上来。这个场合，我们要留给专业人士。"

赵海龙就诡异地笑，说道："罗老师且上不来呢，他趴在那石头上，妥妥地在那儿听那块石头，你说他是不是魔怔了？"

"他在干吗？"我愣了一下。

赵海龙轻声说："他趴在那石头上，在听那化石，不知道真能听到什么。"

我皱起眉头，心中不祥的感觉又冒了出来，但转念一想，这也正常，因为之前遇到过奇怪的事情，他看到了原石，听一听也是情理之中的。

但他刚才一定要下去，那坚决的状态，其实是没必要的。当时我就觉得稍微有点奇怪，如今他的行为，让我又想起了之前泥石流过后他的表情，不由得心中发毛。

赵海龙心思不在这里，此时霞月上来透气，她笑着看我们，脸色因为水冷而惨白，愈发显得有一种冷凝之美。

赵海龙都看痴了。

我不想想太多，决定到了下一个休息的地方就直接问罗子桑，然后努力屏除脑子里的疑问，转移话题，问赵海龙："你和霞月不是很久之前就认识吗？这么喜欢，没看你追过啊。"

赵海龙说道："以前她不是这样的啊。"

霞月这时爬了上来，喘着气对我们道："有个不好的消息，下面有尸体，可能是上一支探险队的，但那尸体非常奇怪。"说着把她的水下 GoPro 递给我。

第
三
十
一
章

GoPro 再次连接上我的 iPad，我找到图片，看得出她经验很丰富，在能见度那么低的水下都能拍得足够清楚。

说是尸体，其实不明显，那是缝隙中一个类似于防水袋一样的东西，很大，卡在下面两块巨石的缝隙深处。防水袋是被捆着的，捆出来的形状，非常像一个人。

因为光线的问题，噪点非常多，细看还是看不太清楚。但我本能就觉得不对，如果是当年的尸体，正常情况下应该已经腐烂得只剩下白骨了，不太可能还维持这么一个形状。当然，那防水袋上面覆盖了很厚的一层真菌一样的水垢，看不出本来的颜色，但能感觉确实是比较老的东西。

"怎么说？"霞月问我，"那个缝隙我可以进去，但有点危险，可能我的气不够。"

"这里的地下河在涨水的时候，和外面的大河是相连的，会不会是垃圾？"夏民问道，"尸体在水里保存不了太久。"

我心说不一定，如果这个防水袋被密封得特别好，那么里面的尸体甚至还可能是干燥的，初期腐败之后马上会缺氧，那腐败可能会停止，反而能保留完整的身体。

我以前写过侦探小说，查看过这样的案例。

霞月看着我："我看过你的小说，你说路途中遇到同行的尸体，是要带出去的。"

我点头，然后和她说我的推测。

霞月点头："明白了，我和他们商量一下，把尸体弄上来。"

说着，她重新拿回 GoPro，直接从我们的位置跳入水里。

我一转头，就看到夏民盯着霞月已经有点发呆了。我咳嗽了一声，心里觉得非常不对劲。

但男女吸引的事情，说实话我也不用去评判什么。而且，我也是知道的，在洞穴中会有吊桥效应，毕竟是极端环境。

大概在原地等了三十多分钟，看他们不停地出水、讨论，然后再下去……终于他们再次出水的时候，将那个防水袋带了出来。

"绝对是尸体。"赵海龙直接就下了定论。

把尸体吊到我们休息的突起处，我上手一摸，也立即下了这个结论。因为我可以通过外延直接摸到里面有人的手指，而且是硬的。

我的心一下子狂跳起来，说实话这不是小说，这是现实！现实中遇到了尸体，无论如何，我还是会觉得害怕的。

沈汤离这个防水袋远远的。

这绝对是一具被人处理过的尸体，防水袋上扣着很多塑料加固带，把人体的形状凸显了出来。

这其实算是一种葬礼，是探险队中途损失队友后，暂时保存尸体的方法。防水袋可以隔绝气味，不让动物发现，也可以遮住尸体的脸。

我心里还在想怎么处理，结果赵海龙没有问任何人，直接从腰间拔出工具刀——那东西是他开罐头用的——一下子就把防水布割开了。

瞬间，一股难以形容的味道直接冲了出来，我下意识地去捂住鼻子，但还是吸了很大一口。

这是一股腌制品的味道。我心情非常复杂，虽然不难闻，但是我知道它来自哪里。

防水布里是一具湿尸。尸体的保存情况很奇怪，它是湿的，皮肤已经皮革化了，有一种紫色的色调。

"鞣尸化了。"罗子桑在我身后说，"在密封的潮湿环境里，尸体快速腐烂之后突然停止，就有可能这样。"

尸体毫无疑问穿着现代的衣服，但是面貌已经无法辨认，只能看到嘴巴张得很大，牙齿全部脱落，落入了口腔里。

这肯定是上一支探险队的成员，赵海仙问道："他是怎么死的？"

没人回答。说实话，看所有人此时的身体姿态，都已经开始呈现逃避的倾向——大家都想从这里跳下去。

罗子桑第一个行动了，他在围观和沉默中拿出自己的手套戴上，开始检查这具鞣尸。

"您懂这个？"赵海龙问。

罗子桑说道："以前去过一些存在大量古尸的场所，比如说祭祀坑这种地方，还有一些清代或者民国的大屠杀遗迹，一次会出现非常多的尸骨，那时法医会协同我们一起整理。这种研究叫作人类学研究，需要法医学知识，我在这个过程里接受了很多非正规培训。"

"您还是法医？"赵海龙直来直去。

"不是，但和他们一起共事那么长时间，很多东西听也听会了，论专业性我肯定是三脚猫，但简单的推断还是能做的——你的口水喷进去了。"罗子桑推开靠近的赵海龙，简单地检查着尸体，"检查尸体可以让我们对这个山洞更了解，还可以尝试还原一下他们遇到了什么。"

"应该是意外，因为尸体被保存得很好，说明他们打算回程时把他带出去，后来大水把尸体冲到石头缝里了。"夏民说道，"是不是高处坠落？"

"没有骨折，头骨也是完好的，身上没有明显的伤痕。"回答之后，罗子桑继续反复地看。

看他的表情，我知道他吃不准死因，我也看向尸体，发现他的皮肤上，有很多奇怪的伤痕，但不深，都是表皮的伤口。

"这是指甲挠的吗？"我问，罗子桑摇头，让我帮忙把尸体翻过来。

我没有手套，正在犹豫的时候，边上的霞月就用潜水服做隔离，帮忙把尸体在防水袋里翻了过来。

尸体的背后一片狼藉，皮肤状态很差，起了很多鳞片，赵海龙眯起眼睛作恶心状："是不是有皮肤病啊？"

此时，罗子桑露出了非常疑惑的表情。他去摸尸体的背，我立即问："怎么了？这是什么？"

"不可能啊。"他说道。他看向我，又看了看大家，像是寻求认同，最后又皱着眉看尸体。

"你说啊，怎么了？"

"不负责任的推断最好不要轻易下。"罗子桑忽然抬头，用手电去照这个洞厅的顶部。

所有人都跟着抬头，洞顶全部都是钟乳石。罗子桑用手电照了半天，似乎在找什么东西。

所有人也都打开手电，开始寻找。但是洞顶的钟乳石基本上和普通的钟乳石没有什么区别，最多诡异、瑰丽一点。说实话，我在旅游的时候，看过不少溶洞，还特地去了澳洲看溶洞，对于钟乳石，我是无感了。

"罗老师，怎么了？"赵海龙照了半天也没有找到什么，有点崩溃了。

"我现在的发言是不负责任的，我不是专业的法医。"他说道。

"没人要你负责。"赵海龙说道。

罗子桑看着我，我点头："你说吧，我们都是成年人，一句推测不会让你背什么责任的。"

他这才说道："如果我没记错，这种皮肤状态，是一种特别的死法才有的，但是这种死法绝对不会出现在山洞里。"

"什么死法？"我也忍不住了。

罗子桑看着我说道："他后背的皮肤严重坏死，颜色发黑，整个背部布满破裂的水疱，表皮大面积糜烂脱落。看这里，皮肤浅层血管扩张严重，还有水肿现象。这是典型的暴晒死亡的痕迹，他是被晒死的！"

众人一下子又沉默下来，刚才还觉得罗子桑的话太夸张了：在山洞里死和山洞外死能有什么区别，无非是换了一个场景罢了，但现在一听，就知道确实不能。

这山洞里不会有一丝阳光，人怎么会晒死？

"人还能晒死？"赵海龙的疑惑更加偏门，"找个阴凉处不行吗？"

没有人理他。我再次反射似的抬头，其实就是去找太阳，忽然意识到自己很蠢。

罗子桑解释说："我不是专业法医，这东西非常专业，这种死因比较特殊，我的说法不能作数，你们就当我没说，这应该是不可能的，不过他确实没有什么外伤，如果不是晒死的，可能是中毒。我们要小心一点，这里可能有毒气沉淀。"

"如果是晒死的，会不会是在外面被晒死的，然后运进来？"沈汤问。

我摇头否定，这里太深了，他们大可以在刚进洞的时候随便找一个地方。而且他们留箱子时的录音，也没有明确的情绪显示已经有人死了。

"所谓的'晒死'，不是说被晒了脱水休克，没有来得及补水死亡，是指在太阳下暴晒，高温直接把人灼烧脱水死亡。浙江的太阳把人活活晒死的可能性不大，这需要特殊的日照条件。"夏民说道，"不管怎么说，确实如果是外面晒死的，没有什么理由把尸体运这么深。"

"我说了，我说的不作数。不要因为不专业的结论而思考，停止思考！"罗子桑说道，"想办法休息吧，这个问题也很严峻。"

现在确实也有一个很大的问题，就是这块石头太小了，人站着都显得拥挤了，本来要是能找到接下去的路线，我们就继续往前，在前面找合适的宿营地，尸体我们也可以重新包扎后留在这里。但目前的情况是，如果短时间内我们找不到前进路线，那就得和尸体挤一个晚上，关键是这块突起的石头睡不下这么多人。

"腰果哥探路有没有回来？"赵海仙忽然问道。所有人都惊了一下，我们这才意识到，很久都没有他的消息了。

"腰果！"赵海龙立即大叫，声音经过洞穴反射，震耳欲聋。没有回应，两兄弟对视一眼，立即跳入水中。剩下的人也全部紧张起来。

第
三
十
二
章

罗子桑看出了我内心的焦虑，脱掉潜水服，递给我，说道："你跟他们一起去吧，你是压力型人格，需要压力才能正常生活。"

我没有动，他继续道："你现在感到焦虑、无法呼吸，是因为你的生活经历和理性让你需要思考再三才开始行动，但其实你不是这种性格，你渴望行动。"

我其实并不知道他在说什么，但穿上潜水服的瞬间，我的呼吸确实开始正常起来。

我跳入水里，霞月也跟着跳了下来，我俩朝着赵海龙他们所在的方向游去。

到了出水洞的附近，发现腰果哥并不在这里，但是他刚才确实是往这个方向来了。

我用手电照了照出水洞附近的岩壁，没有路标。赵海龙兄弟不由分说开始潜水，我和霞月也往下潜。

很快我们就看到，水下果然还有其他的出水洞。

有一个大概三层楼高的出水洞，完全淹没在水下，能感觉到水往这个洞里缓慢地流。手电扫过，我们就看到在那个洞口下沿，有一个继续往前的路标。

我们先浮了上去。赵海龙说道："那家伙是不是进去探路了？"

洞潜是世界上最危险的探险之一，最好的探险队员也不敢一个人洞潜。

"我先进去看看。"赵海龙说着，已经潜水下去了。

赵海仙解释道："里面开始段非常宽敞，没事的。而且这是我们必经的路，怎么都要探的，所以还是去看看清楚吧。"

我们也全都跟着潜了下去，洞口里面确实非常宽敞，我游进去之后，用手电一照，就看到了无数指甲盖大小的米色小虾米游过，在手电光下，甲壳反射出一丝蓝色，很漂亮。

赵海龙毫不畏惧，一直往里游。我跟在他身后不远处，忽然看到他的手电光在前方的黑暗水域中迅速变暗了。

起初我还在想，这人体力真好，但很快我就意识到不是变暗，而是赵海龙的光源迅速远离了我们。那光源远离的速度极快，人是不可能游那么快的，这更像是被什么大型的鱼类咬住拖入了洞穴深处。但浙江的洞穴里，怎么可能会出现可以把人快速拖走的大鱼？

我盯着那个光源，光源一直没有消失，反而开始闪烁，打 SOS 的信号。

就在我脑子乱成一团，不知道怎么办的时候，我发现赵海仙开始往后游去。我感到很奇怪，他没有立即去追他哥，反而开始往后退。

但很快我就意识到，他这是非常冷静的一种处理方式，他知道自己的气不够，要上去换气之后再下来。

我也赶紧转身往回游，但手电一照向洞的入口，我发现不对，因为霞月原本在我身后大约半臂的距离，但此时，她的灯光离我起码有100多米远，而且四周的石头也在快速地远离我。

她是什么时候游出去的？石头怎么会在远离我？

我只思考了一瞬就明白了，这个洞里有一股水流，速度极快，但非常安静，所以我们才没有察觉。就在我们进洞的这短短二三十秒内，我已经被裹挟着前进了几百米。

这也意味着，我已经不可能靠自己的力量游回洞口了，而我现在憋得只剩下不过四十秒的气。且不说能否对抗这股水流，就算没有水流，我也绝对不可能在四十秒内游回去。

我浑身冰冷，巨大的恐慌涌上心头。想不到就在几分钟前，我还在感慨别人的死亡，而现在自己也快死了。

忽然，我感觉有人一下子拽住了我，拼命地让我往上游。

我被他拽得抬头，这才惊讶地发现，头顶的洞壁已经消失了。这个变化让我狠狠地呛了一口水，脑子嗡的一声，随即水直接灌进肺里。接着，我还没有完全反应过来，人已经出水了。赵海仙把我拖到一块干燥的地方，我开始剧烈地咳嗽，赵海龙则在边上大骂。

"我去，我去！"

我躺着缓了一会儿才站起来，看到赵海龙兄弟已经用手电在照四周。这里也是一个洞厅，和刚才我们所在的那个差不多高，基本上可以肯定就在刚才那个洞厅的隔壁。

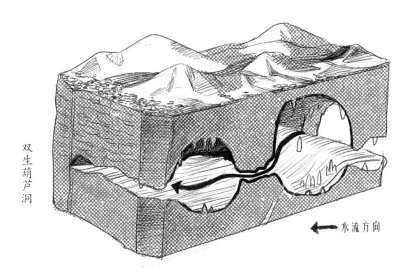

双生葫芦洞

←水流方向

　　我前后联系起来想了想，发现这应该是一个双生的葫芦洞厅，中间有一个通道连接，通道沉没于水下。不知道为什么，洞道中有一股非常安静的急流，刚才我们游进洞道之后，把我们直接冲到另一边来了。

　　如果通道再长一点，或者水流再慢一点，我们三个就都死了。

　　现在，我们脚下是一块巨大的碎石滩，石头非常细碎。地下河的水流从这里重新进入到碎石滩底下变成暗河，所以这里就成了陆路，只有我们出水的地方，是一个水潭。

　　手电一打，我就发现这里的碎石滩和之前看到的完全不同，手电光下，这里的所有石头闪烁着璀璨的反光。这些反光都是暖色的，犹如琥珀一样。赵海仙捡起一块来看了看，说："玛瑙。"

　　我也捡起一块，发现确实是玛瑙，而且是品相非常好的那种，几万年的冲刷让它们变得仿佛有生命一样。琥珀色是最多的，其他还有绿色、蓝色，手电照过去，犹如彩虹被打碎了一样。

"这也太美了！"

"在新疆很常见。"赵海仙说道，"趁老夏不在，你可以捡点，这东西不值钱，但老夏肯定会叽叽歪歪。"

说完，他就开始喊："腰果！"

但周围非常安静，安静到可怕，除了隔壁洞厅三条瀑布发出的噪声。我这才想起来，我们进来是要找腰果哥的。

赵海龙一口气喘上来了，也继续大喊："腰果！"

赵海仙则重新开始下水，我一下站起来，叫道："你干什么？"

赵海仙说道："刚才霞月没有和我们一起被卷进来，她如果看到我们被水流冲走了，就会以为我们死了，直接带队伍回去。这股水流是单向的，我们游不回去，会被困死在这里，得尽快找到办法往回走。"

"类似于单向阀？"我问道。

赵海仙点头："必须赶紧通知他们我们还活着，否则要等到冬天，水位退下去之后，我们才能出去。"

"能通知到吗？"

"先看看什么情况。"他说道，"急流不一定是常态，说不定是间歇性的。"说完他就跳进了水里。

赵海龙还在继续喊腰果哥。我坐下来，觉得筋疲力尽。一口气还没缓过来呢，赵海龙就朝我大叫："老板，快来！"

我强撑着爬起来，这碎石坡是一个上坡，我咬牙往上爬，翻过几块石头，就看到赵海龙用手电照着一块相对平坦的巨石。在巨石上，我看到了三个造型奇怪的东西。

那是三具干尸，围成了一个三角。

走近后就看到，他们穿着和之前那具尸体一样的衣服，也是宋松队伍里的人。这三具尸体完全固化在那块巨石上，呈现出一种扭曲的造型，似乎在举行什么仪式，因为他们所有人的手，都是向上伸的。

我们的手电散光，附近的玛瑙反射的光线，让这个景象显得非常诡谲，有一种死亡和华丽共存的诗意。

我和赵海龙不由得对视了一眼。我们都看到，尸体围坐的那块平台的巨石，上面也有一个巨大螺类的甲壳条纹，而在干尸的脸部、手上等所有赤裸的地方，都看到了跟上一具尸体一样的被强光灼烧的痕迹。

我喘着气。那三具尸体的样子和那块巨大的化石，加上附近的光线，透着难以言明的诡异，让我非常不舒服。

第
三
十
三
章

赵海龙又开始照洞顶，露出了十分疑惑的表情。

我的心思是很细腻的，赵海龙则有很强的本能，我俩的结论是一样的，就是这些皮肤的痕迹，和之前那具尸体一样，都是阳光性的灼伤，说明巨大的热光源在高空。

但这里绝对不可能有太阳。

赵海龙肩膀上的 GoPro 一直开着，此时他又拿出手机开始拍摄，问我："你说这一期，我们上线了，会有版权问题吗？"

"什么版权问题？"我接不住他的俏皮话了，顺手把手电的光线调暗，玛瑙的耀光一下子就消失了，变成了普通石头的感觉，这让我舒服了一点。

无论哪种故事，到了这里，大家应该担心的都是能不能出去，会不会变成和尸体一样，这哥们儿也真是心大。

"就是尸体啊，毕竟这些尸体，都应该还有亲人在世。"赵海龙说。

"你只能打马赛克，平台不会让你把尸体完整播放出来的。"我说道。

"哦，好吧，你有什么推测吗？你们写东西的人不是都很能编吗？"他继续问道。

嗯，这是一个世俗的误解，小说不是编出来的，而是推理出来的。其实写小说能改变人的思维方式，不过，小说的推理和现实生活中的推理逻辑倒是一样的，所以，我也许真的可以尝试一下。我蹲下来，开始尝试用小说里的方法去解释眼前的事情。首先是这些灼伤。罗子桑说的那些话，我相信应该是有依据的。以这个说法为起点推理的话，那就是山洞里忽然出现巨大的光源，发出巨大的热，把人直接焦干成了尸体。

所以他们连手都来不及放下吗？这种情况太极端了，我不知道是怎么出现的。

其次是动作。他们在遇难之前，是三个人围坐在一块巨石上，手都举向空中，这是一种仪式。

然后在这个山洞的另外一边，还有一具被烧伤的尸体，但那具尸体被人处理过，包裹在了防水袋里。

感觉是这些人在这里做什么仪式，忽然巨大的光源出现，这三个人直接死了，宋松和另外一个人想要逃脱，但其中一人被强光灼至重伤。

宋松和这人逃到了山洞的另一边，那个被灼伤的人死了，宋松将其安葬在那里，然后自己出去了，之后再也没有回来。

我正想着，就看到赵海龙要学那三具尸体，把手举起来，被我一把按住。

赵海龙愣了一下，我对他说："别学死人的动作，不吉利。"

他只好作罢，此时赵海仙也出水了，我听到了水声。他循着我们的手电光一边往上爬一边对我们喊："根本游不回去，连洞口都靠近不了，我们麻烦了。"

说完，他就爬上了坡，也看到了那三具尸体。

他跌跌撞撞地走过来，喘得不行，来到我的身边，仍旧在喘，他拍了拍我就蹲下来看尸体，然后开始捏自己眉心，再和我对视了一眼："这个洞不正常。"

"是不是古良渚人有什么防御装置？"赵海龙说道。

"没找到腰果哥吗？"赵海仙问我们。我用手电往后照，后面全部都是这样的石滩，一路通向深处，里面越来越宽敞，有很多石头露出石滩，形成牙齿一样的结构。

没有看到腰果哥，这也是十分诡异的。既然我们刚才从水道里活着出来了，他肯定也能，那么我们此时应该都在这个石滩上，但这里除了我们，没有第四个人了。

"水下也没有。"赵海仙和我对视，我也看着他，两个人都没有任何的结论。

我第一个坐下来，开始琢磨该怎么办。

赵海龙是喜欢讨论的，他开始问他弟弟，赵海仙不回答他，也坐了下来："夏民教授在外面，他有救援经验，霞月没有进来，她也懂规矩。他们会有标准措施，会先放漂浮绳进来。"

"刚才的水流很急，他们没有那么长的绳子。"赵海龙立即补充，"我们得立即开始找其他路出去，山洞绝对不可能只有一个出口，但最麻烦的是没有绳子，我们只能徒手攀岩。"

说完赵海龙看了我一眼，我不知道他是什么意思，他便开口说道："没受过训练的人握力不行，是爬不了的，你可能得在原地等我们。"

我惊恐地看着他们，赵海龙拍了拍我，转身用手电去照四周的洞壁，开始寻找岔洞口。

我抗议道："大哥，这是不是就等于把我抛下了，你们无论怎么样都得把我带上。"

赵海仙对我道："别害怕，这是现在唯一的办法。我一个人探洞也有上百次了，洞里不危险。"

"主要是这个洞有点诡异。"我说道，如果我一个人待在这里，只有一个手电，等着不知道能不能回来的救援，肯定从内心就觉得自己完了，"不如，我可以努力爬爬看。"

"你的体力是绝对不可能在这里徒手攀岩的，这更危险。你看这里还是一个绝佳的生存地点，水温低但很干净。我想腰果哥也应该是去找另外的出路了，他也是专业的，他知道等没有意义。"

两个人说得不容反驳。赵海龙指了指一边的洞壁，上面有一个小豁口在往下淌水，大概有 100 米高，两个人走过去就开始爬起来。

我不能像个懦夫一样大哭，但实在是太害怕了，脑子里又一片空白，竟然没有反应。

他们走到洞壁下方，两个人商量一下，就开始徒手攀爬，爬得很快，爬上去之后，钻入那个豁口。从我的位置看过去，他们如同蚂蚁一样大。这时，赵海仙打灯，示意他们去探路了。

我毫无反应，他们转身就消失在了洞口。

在爬的时候，他们说了很多话，喘气声在这个空间里回荡，其实有点嘈杂。他们从那个豁口消失之后，四周就安静了下来，犹如死寂一般。

整个空间，只剩下我一个人。

四周的空气好像一瞬间变得更冷，我从呆愣的状态回过神来，用手电疯狂地扫射四周的空间，划过那三具尸体。

不知道为什么，这一次手电照过去，我总觉得他们的头似乎转过来看我了。

我绝对明白那肯定是自己的幻觉，但无法抑制恐惧，心脏开始狂跳，觉得四周的黑暗在不停地向我逼来。

我先是逃到水边，背对石坡，但我开始脑补这尸体慢慢地从坡上爬下来，而我不知道。

我立马转身面对那个石滩坡，手电对着照，但这个时候，我又感觉背后的水里慢慢地浮出了一具尸体，是之前没有发现的。

就这样自己折磨自己，大概过了半个小时，我开始冷静下来。首先能确定，尸体复活本质上并不是真正的威胁，因为它们都碳化了，如果动起来，会碎成煤渣。

为此，我逼自己重新爬上坡，去看那三具尸体。

我想着，如果还害怕，就用石头把尸体敲成粉，碳化了应该不难敲。

敲成粉末之后我应该就不会害怕了。

那三具尸体仍旧像之前一样坐在那里，我看着它们，总觉得它们也在看着我，我甚至开始听到窃窃私语的声音，它们似乎在讨论我。我意识到自己马上就要失控了，但我无路可逃。

其实我可以逃，我可以往黑暗里逃，但石滩松动的地方可能会有很多陷坑，一脚下去，我就可能会骨折，然后摔倒，不知道滚去哪里。

理性让我明白逃跑风险更大。

说实话，在面对恐怖上，我从小就不是一个非常冷静的人。对于威胁，我的反应一向是过激的，这也是我一路过来在很多争斗中能获胜的原因，因为大部分人不愿意和我这种容易反应过激的人争斗。

终于，我捡起了一块板砖一样的石头，开始攻击那三具尸体。

第一次下去，那尸体的上半身就断了，手感比我想的要结实很多，然后它身体一歪，手一下勾住了我的小腿。

我努力想把腿拔出来，但卡得很死，根本拔不出来。

我发疯一样地踹这具尸体，在手电的照射下，这尸体宛如活了一般在攻击我。就这样，我彻底崩溃了。

好不容易把尸体踹掉后，我还是跑了。很快我就看到前面有一条石头缝隙，立马挤了进去，这是一个正好可以容纳我的空间。进去后，我开始搬外面的碎石头垒在洞口，用这种方法把洞口堵住。

这下四周都是坚硬的岩石了，手电还亮着，我心里踏实了很多，开始深呼吸，让自己冷静下来。

我感觉到，四周慢慢安静下来，剧烈的心跳也开始平缓。在浑身冷汗的刺激下，我战栗着。

这个时候，我确定自己听到四周有人在窃窃私语，和之前在玉琮里听到的一模一样。

我深吸一口气，让自己完全平静下来，开始听到我四周的整个山壁都在窃窃私语。那种巨大的规模，宛如在一个万人广场上，而自己就坐在万人广场的中心。

巨大的地下空间，犹如被诅咒一样，充斥着万人私语的声音。

似乎有人的声音，还有无数不可名状的自然界的声音，我都完全无法听懂。

我不敢出去，捂住耳朵，然后就感觉无数奇怪的东西齐聚过来，透过石头缝隙看我。

我完全失去了思考能力，陷入疯狂之中，但这种疯狂只能让我蜷缩起来。

那段时间里，我所有记忆都消失了，甚至感觉连时间都消失了。也不知道过了多久，我面前的石头开始被什么东西扒拉走。我整个人都是麻木的，既不害怕，也不抵抗，就是不明白发生了什么，脑子也坚决不愿意转动。

接着我看到了光和人影幢幢。

我是被罗子桑像扒拉尸体一样从石头里扒拉出来的。看到他的脸的时候，我竟不知道自己应该害怕，还是应该开心。

但慢慢地我意识到，面前真的是罗子桑，还有霞月和夏民、沈汤，他们都过来了。

我无法说话，那个瞬间我发现我忘记怎么说话了，这是我从来没有遇到过的事情。

第
三
十
四
章

　　最起码有半天，我都处于失语状态。事后想起来，正常人真的比小说中的人物要脆弱很多。

　　我是忽然间从这种状态里反应过来的，犹如从梦魇中醒来又无法清醒。我开始狂抽自己嘴巴，四周的人都看着我。等我抽得自己嘴角流血，脸从麻木变成了火辣辣的疼，我才终于长出了一口气。

　　然后，我站起来大吼，看到边上的霞月在喝水，就抢过她的杯子把水浇在自己的脑袋上，结果是开水，烫得我哇哇大叫。

　　此时，我终于恢复了思考，再看所有的人，他们真的全部都坐在我的四周。

　　"你怎么样？"罗子桑问我。

　　"我怎么了？"我反问他。

　　"刚才七个小时，你整个人处于高压力状态下的精神失常，一直在自言自语，然后对于外界的呼唤没有任何的反应。"他看着我说道，

"你发出了很多让人无法理解的、类似语言的声音，但我们听不懂。"

"这是不是疯了？"我愣了一下，因为我小说中的疯子都是这么描写的。

"那要取决于你现在的状态，你还好吗？"罗子桑说道。

我感受了一下，发现自己思路还算清晰，就是非常疲惫。霞月把杯子拿了回去，重新泡上茶递给我。

我喝了几口，才发现自己满脸都是茶叶，刚才浇到头上的是她泡的绿茶。

"这里不正常。"我忽然回忆起了一切，立即开始和他们说我遇到的事情，"声音，这里的石头都能发出声音，我可能被吓到了。赵家兄弟回来了没有？他们去探路了。然后，有尸体。还有，你们怎么过来的？"

接着我就去看尸体的那个方向："三个死人。"

"我们都看到了。"罗子桑安抚我，让我坐下先喝茶。

我喝了几口茶，让自己的心跳再次舒缓下来。

罗子桑告诉我："我们在这里已经一天一夜了，发现你已经七小时了，你不用着急，你经历的，我们都经历了。"

"你们也听到声音了？"我看着罗子桑。

对方点头："夏民教授有科学的解释，并不是什么恐怖事件，你可以放心。"

我求救一样地看向夏民。但我其实不相信他们遇到了和我一样的情况，因为那种巨大的庞杂的声浪怎么可能有科学解释。

"我们进来的时候，没有看到你们，就在这里休息了一晚，因为赵家兄弟留下了记号，表明去探路了，我们决定在这里等你们，我们以为你也去了。"夏民说道，"大概两个小时以后，我们就听到了这里石头发出的声音。我用指南针测了一下，很明显这里的岩石全部带有磁性，并且有奇怪的带电现象，所以这里的石头在长达亿万年间的岁月里，记录了所有经过这里的声音。有当年石头还在地表时记录下来的风声、动物的叫声，有一些声音甚至是恐龙的叫声，还有当年在这里的良渚人的声音，他们的语言和对话。这些声音混杂在一起，很难分得清楚，所以听起来非常鬼魅。"

"是不是和当年惊马槽的传说一样？"我忽然想起了很久以前的一个传说。

这个传说发生在 20 世纪 80 年代，在云南陆良一个叫沙林风景区的地方，附近的村民经常在景区一处山谷里，听到宛如古代战场上的声音，兵器撞击，战马嘶吼。而陆良，在三国时期，诸葛亮曾挥师来到这里，与南蛮王孟获交战。人们认为，这里记录了这些声音。

"这里的声音对于研究良渚的古语言十分有帮助。"罗子桑看着我，"古语言的研究非常艰难，因为我们能够看到古文字，但很难真正听到古代人说话。5000 多年前良渚人的语言，我还是第一次听到。"

沈汤说道："罗老师是良渚古语言研究的领军人物。大作家你这一次要留名青史了，就是因为你的好奇心才能让我们发现这一切。"

其实，我内心并不明白这事有多么重要，但还是报以傻笑。

罗子桑继续道："可惜用录音设备很难把声音的层次录下来，我们现在只能通过双耳，才能分得出里面语言的部分。"

他想了想，又说："当然，其他声音对于古生物考古和古地质学研究都很有帮助。但古良渚人的语言，对于人类学来说，是一个里程碑。我们如果可以破译这些声音，就可以知道他们当时在想什么，在担心什么，知道四周的环境和社会状态等。"

那岂不是就能生动还原古良渚人生活的方方面面？

我听得目瞪口呆，我听到的几乎吓疯我的声音，在他们这里竟然全部都是伟大的里程碑。

果然小说家对于人类社会的价值不大。

"我们还会在这里待一段时间，我要尽量想办法用手机设备去记录这里的声音，一直记录到能够把语言部分分层出来。"罗子桑说，"小沈有这方面的技术和知识。"

夏民补充了一句："我们也要等赵家兄弟和腰果哥回来。"

沈汤也非常兴奋，她终于找到了这次旅程属于自己的意义。

此时，我能感觉到现场一片兴奋的气氛，而且非常放松。但不知道为什么，我觉得这种气氛不对。

这地方明明是恐怖的，非常诡异的，而所有人却无比亢奋，这种落差让我有点毛骨悚然。

所有人都不对劲，他们可以亢奋，可以因为学术的发现而愉悦，但他们的状态中，缺少了哪怕一丝对于这里不可解释部分的担忧和防备。

我问罗子桑："你不觉得，这里有三具尸体被灼烧成这样，肯定不正常吗？我们是不是应该讨论一下这个。"

罗子桑说道："我说了，我不一定对，我不是一个专业的法医，我这些知识是旁听来的，没有经过系统学习。"

我想反驳，因为那些晒伤的痕迹太过明显，我们多少还是要将其当成一种可能的危险来防范的，但我张了张嘴，最终没有把话说出来。

　　接着，他们就开始准备录这里的声音。夏民告诉我，这里奇怪的放电现象，往往会在岩石被手电光照射之后出现，所以他们打算先用手电照射岩壁一段时间，然后关掉手电，等待声音放出。

　　大家身上只有手机，所以沈汤在寻找录制声音的最佳位置。这都是技术活儿，非常复杂，我还没有完全恢复，就被排除出了忙碌之外。

　　我在外沿静静地打量每一个人，和出发时以及在山谷中时相比，他们如今完全变成了另外一种状态，只有霞月和我坐在一起。我又看向她，她异常地光彩照人，而且没有丝毫担忧，反而看着这些人，有一种莫名的笑意。

　　和普通人不一样，我不仅是一个作家，我还很敏感。我明显地感觉到，这个团队中每个人，似乎都有了秘密，而他们的精神状态，也已经不正常了。

　　在中间休息的时候，夏民还告诉我，先前罗子桑非常执意要用绳子绑着自己，进入那个洞找我们，霞月当时看到我们三个人快速消失，就估计山洞的深处有急流，说我们可能遇难了，但罗子桑说不可能。

　　当时夏民执意要回去，但罗子桑非常坚决，说绝对不能简单地放弃。之后，他和霞月在急流洞口，用绳子绑住了石头，顺水流漂进来。

　　绳子确实不够长，而且潜水服不够，只有一件。霞月的衣服小，罗子桑穿不下，他是冒着低温症的风险进入洞内的。

　　绳子放完的时候，罗子桑仍旧没有出那个洞，但当时他敏锐地感觉到水流有往上的趋势，认为这个洞很快就有出口。

所以他们又回去，霞月一个人走了二十几个小时的回头路，直接回了我们进来的洞口，把悬崖上的绳子拉了过来，重新接上，然后罗子桑再次进入，这次终于成功了。

现在非常尴尬的是，我们出去的时候，到了外面的露天悬崖就没有绳子了，所以要么得有人徒手攀岩往上重新在悬崖上挂绳子（因为往下挂绳子不够长），要么就是请求救援了。另外就是我们所有的绳子，几乎都在那条急流水道里了，我们只剩下 10 米的绳子可用，如果再往下走，所有的悬崖都得徒手攀爬。

但这些人似乎完全不关心这些事情。

我问："那水道有几百米长，就算有绳子，我们能出去吗？"

"只要一个人能出去，其他人就可以出去。即使逆着急流，我的体力很好，可以在水里憋气五分钟，拉着绳子能出去。再不济，我可以去找救援进来，所以问题不大。"霞月说道。

那一刻，我觉得一切都在失控，和小说中激烈的失控不同，这里的失控都在细节中，犹如温水煮青蛙一样。

大概在三个小时之后，罗子桑他们关掉了所有灯光。在黑暗中，我们再次听到了整个空间发出了上万种响声混合的声音。这一次我不是独自一人，所以我的状态还算平静。为了安抚我的情绪，霞月拉住了我的手。

当时是绝对的黑暗，她的皮肤冰凉光滑，犹如一块玉石。她用手指轻轻地敲我的手指，非常暧昧。

不知道为什么，看着她应该所在的方位——黑暗中我什么都看不到——却产生一种巨大的恐惧。

我感觉在黑暗中，她变成了怪物，一个极度扭曲恐怖的怪物。

我的这种感觉让这个无比暧昧的状态，变得匪夷所思，且毛骨悚然。我通体生凉，而且明白了我在这次旅途中对霞月不会再有任何的幻想。

我也知道这是荒谬的，但不知道为什么，我总觉得在黑暗中，她真的不是一张人脸。

与此同时，周围声音的存在感越来越强，不知道什么发出的叫声好似风琴的声音，还有嗡嗡叫、咚咚响、沙沙声……这些声音好像是流动的，有些由远及近，有些由近及远。在黑暗中，我逐渐开始听到海水的声音。慢慢地，这些声音在我脑中形成了画面，远古世界，各种奇怪的生物游弋在大海中。是的，我突然意识到，这里记录的声音，大部分其实是在海底的，这里在亿万年前肯定是海洋的底部。

这一次的录音非常成功，但显然需要一定的分解能力，才能够把各种声音从混合的巨大声浪中分离出来。我们只有几部手机，所以沈汤让我们装上软件，我们开始用自己的手机分析拆解这些声音。

这个工作方式很奇特，简单地说，就是手机里的软件会用人工智能尝试分解一次声音，然后计算出可能的频率，再用电子音模拟出来。如果不成功，那么模拟出来的声音是非常诡异的，我们就得删掉，重新尝试。人工智能会自我学习，重新用新的方式分解。大概一次计算是十分钟时间，会同时出来十种不同的方案。

大家都戴着耳机，靠在石头上听，我也没有办法拒绝。

赵家兄弟和腰果哥都没有回来，早就过了预定的时间。我内心充满了不安，但他们所有人都无动于衷。

首先是沈汤第一次分离出了疑似古良渚人语言的声音，她播放给大家听。那一段语言感真的非常强，似乎是两到三个男人在对话。其中有一个男人，语气很坚决，感觉是他们的首领。我感叹神奇，谁能想到这是手机的芯片猜出来的。

但这一段语言，谁都听不懂，说实话，语气也略显诡异，难以琢磨，显然还不是真正的发音情况。

我问罗子桑："在这种情况下，怎么做研究呢？"

罗子桑告诉我，研究古语言有很多方法，最常用的就是综合世界上各种语言的发音共同点，找出共有规律，尤其是现代语言中一些古老成分，比如说表示情感的"啊""唷"，以及小孩子最先学会发音的音节，再加上对古人类化石发声器官的复原，来推断古语言的语音中有哪些音节存在，再从族群生活环境来推断语言所表达的意思。他还提到了现代科技在研究古语言中的作用，就是对族群DNA进行追溯，进而分辨古人类族群属于哪个语系，明白了语系，就能更好地研究古语言。

我听得云里雾里，总之意思就是，通过这种方法，经过足够多的语音证据，可以推理出这些声音的意思。这里最关键的是，确定这些发音属于哪个语系，并且从里面找出和现在方言中相通的语言部分。

通过这些词汇之间的对比，推理出各个音节的意思，并且继续推理，但这显然要花费很长的时间。

我问罗子桑："如何破译这段声音中他们说的是什么意思？"罗子桑摇头，表明相差甚远，还没有到可以下结论的时候。

接下来又是长时间的静默，我甚至很快就睡着了，一直到我被霞月叫醒。

我看到所有人仍旧在非常耐心地听录音，不由得心中惭愧，以为霞月是来责备我的。没想到她给我做了一个不要说话的手势，示意我去远一点的地方。

我站起来和她往深处走，走到一块石头后面，就轻声问她怎么了。她脸色煞白，显然有些害怕，对我道："我听到了一段奇怪的声音。"

"这里大部分声音都不是我们这个时代能理解的，都很奇怪吧。"我说道。

她道："对，但我说的奇怪，是这段声音我可以听懂。"

我愣了一下："瞎说吧。"

"是现代汉语。"她说道。

我盯着她，她继续说道："我觉得是当时上一支探险队——或者说，在这里死掉的那三个人的声音，他们没死时候的对话，也被录在这里的岩石里了。"

我激灵了一下，她把耳机递给我。"你听一下吧，那三个人的对话，不是很清楚，但我觉得非常奇怪。也许你能听出他们到底在聊什么，当时发生了什么事情，还有——"她看了一眼身后其他人的方向，我等她说，她欲言又止，想了想道，"算了，你听了就知道了，但你千万不要声张，别被其他人知道。"

第三十五章

　　我戴上她递来的耳机。此时再看，她的确是一个非常美丽的女孩，没有在黑暗中那么令人恐惧了，我不禁有点嘲笑自己。但她的表情确实有一些惊恐，她其实平日里非常平静，这录音的内容让我不禁好奇起来。

　　我开始听起来，她已经把手机软件处理出来的一段声音，调到了可以立即听到她所说内容的位置。

　　需要说明的是，这些声音非常模糊，基本是要靠猜的。人工智能的工作方式，是猜测音的本来位置，然后用电子音还原出来，并且加以修饰。所以本质上不是修复了声音，而是通过音调和节奏，猜测他们在说什么。

　　比如说网络上有一个很有名的 AI 恢复马赛克的算法比赛，就是通过 AI 不停地枚举和猜测一张完全无法辨认的马赛克图片，推测其糊化之前上面的字母是什么。

AI并不能看见，而是通过不停地枚举，一直找到最有可能的那一条。

所以恢复出来的语音，是电子合成的，不是本来的声音。而这些对话也是 AI 用语音库里的声音重建的，其意思也可能和实际的情况有偏差。

因为 AI 会努力赋予这些对话意义，就可能发生为了产生意思而产生意思的情况。

AI 无法把整段对话全部都推算出来，只能做出一句一句有意义的语音，但是如果推测是错误的，那么这些句子是连不起来的。

但这一次，这些声音连了起来，并且形成了非常通顺的对话。这说明，这一次的还原有可能是正确的，我确实十分震惊。

第一句话是："你觉得他听懂了没有？"

说的是方言，软件模拟时已经很努力往普通话上靠拢。在软件的加工下，很多字音是被吞掉的，但人可以脑补。

"他应该能听懂石头话。"另外一个人说，"是那块石头教他的？那石头竟然真的发出声音了。"

"他为什么不和我们说石头说了什么？"这是第三个人的声音。

第一个人说道："难道石头不让他告诉我们？"

"那石头里的东西，到底是什么？你们当时看到那石头的状态了吗？那石头里面肯定有东西。还有，那下面的情景，我真的想再看一次。"

接下来是沉默。之后我听到了哭泣的声音，似乎有人非常伤心。

然后那个领头的人，也就是第一个人，骂他："你哭什么，看不到了也没有什么大不了。而且，你看阿旺那些人成什么样了，就是看太多的后果。那第二个故事，我打死都不会相信的，让他们继续去吧。"

"我有点后悔。"哭泣的人说道，他的语速很慢。我们暂且称呼他为"慢性子"。

"不如我们去问他，他如果不说，我们就把他绑起来！"第三个人说道，这个人就是有方言口音的那个人。我们暂且称呼他为"方言人"。

"轻一点，这里的石头不知道是不是那种石头，别让它听到了。"领头的人说道。

接下来是一段静默，我疑惑地看着霞月。

这些声音很明确地给出了几个信息。首先，这是三个人的对话，很好分辨。其次，他们对于石头非常疑惑，那石头似乎会说话，并且他们明确地提了出来，那石头里有东西。

这和我听宋松故事的时候反应是一样的，而他们如果是宋松的队伍，应该亲眼见过那块石头。

有个人说"你们当时看到那石头的状态了吗"，很明显，他们和我道听途说的不同，他们应该亲眼看到了什么。

最后，也最令我疑惑的是，他们似乎在"下面"看到了什么东西，并且非常想再次看到。

其实这段话信息量非常大，我是搞语言的，所以我非常能够剥离出语言中的深层含义。

从他们的对话来看，虽然领头的人呵斥了哭泣的人，但他并没有表达出任何"下面"的东西不好看、没意思，他的回答，其实反而表达了自己也很想再看一次"下面"的景象。

但因为不可能再下去看了，所以领头的人为整件事情的不可执行找了一个理由：阿旺那些人看得多了，发生了不好的后果。

这类似于以前妈妈和我说："这种铅笔盒有什么好的，上面奥特曼的漆都是有毒的，用多了的小朋友手都烂了。"

之后，三人提到了第二个故事。这似乎说明，他们的队伍发生了分歧，那些相信第二个故事的人，还想继续深入，但这三人选择了放弃。虽然三人在底部看到了什么有价值的东西，却因为无法相信第二个故事而放弃继续深入，但心中仍有一些摇摆和不甘心。

而哭泣的慢性子所表达出来的情感也非常有力，因为他要的东西只是再看一次。

在人类社会，三个成年男性在洞穴中对于某个东西看而不得，导致情绪失控，在我的认知中是很难想象的。

因为看到的东西并不是属于自己的，所以有很多东西即使是美丽的、壮观的，甚至是动情的，但看不到了也就看不到了。不是小孩子为了看动画片会哭泣，成年人如此认真地讨论一种视觉体验，实在是匪夷所思。

这里最关键的问题就明确了：他们在"下面"看到了"什么"，让他们如此地想要再看一次？

那一定是我理解范畴外的东西。

我看向霞月，她立即示意我继续听下去，关键信息还在后面。

接着，我听到了打斗的声音，然后有一个人在求饶。

估计有十几分钟，我听到的都是惨烈的逼供声，声音扭曲，听着像是在被更加剧烈地折磨。

这期间，三个人几乎都在问一个问题：怎么可以再看到那些个东西？

从零星的回答和求饶声来看，我分析出，这个被折磨和逼供的人，很有可能是宋松，他一直在哀求，但完全不回答他们的任何问题。

最后在痛苦的哀求中，疑似宋松的人说道："你们不一定会看到同样的东西，你们也许会看到另外一种，你们会……"

声音在这里就忽然陷入了失真和模糊，"你们会"三个字就几乎是脑补出来的了。

后面的声音完全崩坏，而且，出现了一种奇怪的声音，非常诡异，就像石头之间尖锐的摩擦声，断断续续。

六七分钟之后，这段声音停止了。我看了看手机，整段声音就这么长。这些声音隐藏在巨量的其他声音中，能够分析出来，不得不感慨软件科技的伟大。

之后我陷入了沉思，开始联想，这里有三个人死亡了，而且是被晒死的，在这个不可能有太阳的地方。

是不是宋松最后妥协了，告诉了他们"看到东西"的方法？

但是宋松在最后的对话里，说到了不一定会看到同样的东西，意思是，这些人想要再看到的东西，通过这种方法不是百分之百会出现。那通过这种方法，也许会出现另外一种情景，然后——然后会有某种不好的后果，比如说——晒死？

我陷入了深深的疑惑，霞月问我："你听到了吧？"

"听到了。"我把我的分析和她说了一遍。

她有点发愣，说道："不是，这些我都听到了，我是问你有没有听到最后那段奇怪的声音。"

我点头，我意识到她对于声音中隐藏的线索其实并没有感知。

她直接和我说道:"里面的人说石头会说话,和你说的一样,然后,在最后有一段奇怪的声音,我觉得听上去非常可怕。"

我看着霞月,不知道是什么意思,那段声音确实在软件的处理下有点诡异,但又如何?

霞月说道:"你不觉得吗?是不是那块石头在说话?"

瞬间,我的鸡皮疙瘩就起来了,几乎抖了一下。

再听了一遍最后那一段声音,我实在无法听清楚那是什么声音,但声音的细节非常诡异,难以描述。

我问霞月为什么她会这么想,霞月说道:"不知道,女性的直觉。我总觉得,那声音是另外一种东西发出来的,不是人。"

第三十六章

　　我不知道怎么接话，只觉得霞月的说法异常惊悚。以往，我通常听到别人描述一件事情，都会在脑海中产生画面。但这一次，我脑子一片混乱。

　　两个人对视了一会儿，霞月拿过我的手机操作了一下，用蓝牙把那段声音分享给我，然后直接操作我的手机，开始反复播放。

　　我听了三四遍，才意识到霞月说的并不是夸张和妄想，那声音真的是非常奇怪，虽然是石头摩擦的声音，但十分像是人在说话。

　　这不是一种臆想，霞月的怀疑是对的，我应该要思考这个可能性。

　　石头会说话，可它之前说话是听不见的，怎么，难道进到洞里，它就能直接开口了？而且他们似乎越来越笃定石头里面有东西，所以肯定有非常明显的迹象发生。但石头里能有什么东西？我现在能想到的只有化石。

　　这个洞有什么能量，让它化人形了吗？这个洞在滋养它，那是不是接着往下，它要变成妖怪破石而出了？难道是里面的化石成精了，或者是石头内栖息着更加诡异的生物？

但这再一次超出了我的认知范围，在短短的时间里，不到二十四个小时，我的认知体系不停地被打破，我忽然意识到我无法再继续下去了。

如果再打破一次，我觉得我肯定就直接疯了。

霞月没有看出我已经开始崩溃，对我道："这件事情，就我们两个知道吧，我们一起想想到底怎么回事。"

我努力收回思绪，让自己不被心中的那个黑洞吞噬下去。看了她很久，我才勉强让自己开始恢复理智，努力不让她看出来我吓坏了。

"为什么？"我问道，"如果分解方法是一样的，其他人的软件也有可能会分析出一样的声音，没有什么好瞒的。"

霞月看着人群所在的方向，对我道："如果他们也分析出来了，那就再说了，但我不想直接把这件事情告诉他们。因为他们对于这里发生了什么完全不感兴趣，夏教授只想听到和地质学有关的声音证据，罗老师现在只想研究良渚古语，但这里最紧迫的不是这些，告诉了他们，他们也不会在意的，只会说我们想象力丰富。"

我看着她，觉得她也不正常了，其他人是沉迷于科学发现，她沉迷于这件事情的真相，大家处理问题的方式都已经变得极为封闭，无法正常交流。我们就算知道了一切又怎么样？我们得有足够的把握可以出去，这样一切才有意义。

"我觉得现在应该停止这次考察了，我们应该回去了。"我终于说了出来，"如果赵家兄弟再过一天还不回来，我们就应该原路返回。"

回去吧，支持我回去吧！一旦内心的防线被打破，我心中就开始肆无忌惮地冒出这个声音。

霞月看着我道："你觉得他们会听你的吗？你和我早就什么都不是了，我们离开了就离开了，他们一定还会继续往下。"

我看着她，很明显，她这番话就表示她本质上也不愿意走。

"我不能走，我走了，没有人能潜水过那个水下的通道。"霞月也找了一块石头坐了下来，"如果他们在里面出了意外，等于我谋杀了他们。"

我真的开始崩溃了。

"你可以把我送出去，再进来。"我此时完全不受控制地说出了一句懦夫才会说出的话来。但这是我真实的想法，我觉得现在的气氛，这支队伍已经开始要陷入毁灭了。

刚才分析出来的对话里，反复提到了一个词语：下面。也就是说，接下来肯定还有很长的往下走的路，并且，在这往下的路的尽头，一定有一件奇怪的事情等着我们，从这里返回已经要耗尽我所有的勇气，如果再往下一点，说实话，回头路和往下走一样，会变得异常恐怖。

霞月忽然按住我的手，和在黑暗中一样，她看着我的眼睛，问我道："你是写悬疑小说的，你会不会想要知道上一支探险队发生了什么？"

我看着她，她真的是非常漂亮，这种魅力到现在已经很难用语言去描绘了。

但我非常确定，她在故意对我表示好感，这种好感不是自然流露的，而是人为创造出来的。

"我觉得你不应该走，这里只有我和你是局外人，如果我把你送走了，这里只会剩下我一个人。他们都有自己的追求和学术梦想，而我却因为责任不得不留下来。我一个人，在危险的时候说服不了任何人，我会觉得孤立无援。"她说道。

"所以你需要我陪你？"我觉得一股寒意从脚底升起，她不仅自己不愿意走，还不想让任何人走。

"你就这么走了？把我一个人丢在这里？"

我看着她的眼睛说道："你是主播，我是作家，我们本来就不是一路人，作为投资人，我决定任务必须取消。"

她沉默了，然后站了起来，似乎是生气了，想了想对我道："我不能走，你也不能走，我不会带你出去的。"说完，不等我反应过来就离开了。

接下来发生的事情，非常狗血，但我必须记录下来，因为由此产生了非常多的人和人思绪的变化，对于后面的故事，有极为深远的影响。

我当时也站起来，跟着霞月往回走，她的背影风情万种，似乎这个洞穴完全是她的舞台。

我们回到人群里坐下，霞月对着夏民妩媚地笑了一下，夏民看着她和我回来，有一些错愕。

夏民沉浸在自己的研究中，笔记已经做了很厚一本，显然没有注意到我和霞月偷偷离开。此时他看着我们回来，我竟然从他的脸上看到了一丝嫉妒。

我找了一个离霞月比较远的角落坐了下来，夏民才收回了目光。霞月此时看了我一眼，我是用眼角的余光看到的，我没有转头去看她，但我心中已经开始烦躁，因为她的这个眼神一定会让人误会。我也有过在学校里为女孩打架的时光，知道她这个眼神，大概率是给夏民看的。

我努力不抬头，靠在石头上佯装继续听耳机，用余光，我看到夏民又看了我一眼。我闭上眼睛，意识到我必须从内心重建这一次的探险，这不再是我的业余爱好推动下的野外活动了，这是一次斗争，而且是关乎生命的。现在这种情况，这些人的处事逻辑已经完全混乱，霞月和教授们一开始比我安静和理智得多，本来他们根本就不是这样的人，这个洞穴让他们变成另外一类人。

只有我是正常的，目前看是这样。我必须改变自己的人格了，我得拿回主控权，这里的突破点，其实是罗子桑，罗子桑是这支队伍里面最理性的一个人，只要能说服他，就有很大把握说服所有人回去。况且在他身上还有一个谜题，就是我一直想知道的泥石流那天发生了什么，既然要把和他之间的关系拉爆，那就干脆一起解决。这一路走来，我终于要直接问他了。

第
三
十
七
章

　　在找罗子桑之前，我在心中先梳理了一下经过，并有了一个推测：如果这里的石头是有磁性的，可以录制当年的声音，那玉琮能够说话，是不是也是相同的原理？那玉琮是不是一种古人用来录制声音的工具？宋松当时对陈之垚的玉琮无用论嗤之以鼻，是不是就是这个原因？

　　罗子桑是整个队伍第一个变化的人，而他产生变化，是在他听过宋松埋下的玉琮发出声音之后，玉琮里发出的是一些我听不懂的类似语言的声音。如今想来，如果玉琮带有某种磁性，可以录制声音、释放声音，那么那里面的声音，是不是古良渚语言？罗子桑是研究古良渚的人，他听到了那些声音，意识到了是古良渚语，所以才改变了态度，开始积极地面对这次探险？

　　如果这个推测是合理的，那么罗子桑当时为什么没有告诉我们？罗子桑不是一个阴险的人，这里也没有可以和他竞争的人，他说出来无伤大局。就如到了这里，我们都听到了石头里有声音，但他发觉石头里的声音是古良渚语，于是直接告诉了所有人，这说明他并不忌讳这个信息被任何人知道。

我仔细思考了一下，觉得唯一让他缄口不言的可能性是：懂古良渚语的罗子桑，听懂了里面的信息，而那个信息关乎一个不能告诉我们的秘密。

这个秘密恐怕会非常惊人。

分析完所有的情况，我决定赌一把，把这个推测当作杀手锏。我走到罗子桑边上，他完全沉迷于听石头里录下来的声音，没有注意到我走了过来。

我看着他，一直看到他意识到我有话要说，他才拿掉耳机问道："怎么了？"

"赵家兄弟没有回来，腰果哥也不见了，我们是不是应该做点什么？"我说道，"在这里做科研，是不是有点不近人情？"

罗子桑看了看手表："赵家兄弟和腰果哥在我们这里属于有经验的人，现在最大的可能还是他们出去了，在联系救援。我们稍微再等待一段时间，如果他们还没有回来，再想办法。"

我说道："如果他们现在正在经历危险，我们等待的时间越久，他们死亡的可能性越大，干等有风险。"

罗子桑叹了口气："你的想法……？"

"本来可以让霞月先送我出去，我去求救。只要过了水道——但没有绳子了，所有的悬崖我都没法攀岩上去。"我说道，"现在所有的绳子全在水里了，如果我要回去，我得把水里的绳子撤掉，也要把霞月带走，那你们就会困死在这里。所以我的想法是，我们一起回去，这里如果很有价值，应该让更专业的团队进来。"

罗子桑看着我，皱着眉头："你是说，你要霞月带你走，带走所有的绳子，你觉得把我们留这里你不安心，你要我们所有人都走？"

"对。"我直截了当地说道。

罗子桑把手机放下，陷入了沉思，他看了看霞月，我发现霞月也在看这边，她有一种"你尽管试试"这样的表情。

罗子桑想了一会儿，就和我说道："不行，这里对我们来说太重要了，我不同意你的做法。"

我立即说道："真的那么重要吗？不见得吧，你是不是在泥石流的时候，听到了玉琮里的声音，就已经知道了那是古良渚语，并且，我有理由怀疑你听懂了那些古语。你这一趟的收获已经很大了，却还要坚持往下，下面是不是有什么我们不知道的秘密，而这个秘密会影响你的利益？"

其他人都戴着耳机，听不到我说话，只有霞月皱起眉头看了我一眼，似乎不明白我在说什么疯话。

罗子桑看着我，表情有些疑惑。我补充道："如果你不同意回去，我只能把这个问题抛出来讨论了。"

他忽然笑了笑，这一笑就让我意识到糟了，推测错了。

"我确实听到了一些东西，但这不是继续往下的理由。我不想告诉你我听到了什么，对你来说其实没有任何意义。"罗子桑说道，"我向你保证，十二个小时内，我会告诉我当时听到了什么，到时候你会发现，那完全不值一提。"

"为什么现在不说？"

"我有我的私人理由。不好意思，现在能不能耽误你几分钟，我来告诉你，我为什么一定要下去。"

我还想坚持，但此时他的表情非常放松，我意识到他说的是真的，犹豫了一下，就暂时放下了坚持。

"你跟我来。"他说道。

我没懂他什么意思，但他已经站了起来，往这个洞的尽头走去。

我本来也不想在人堆里讨论这个，就跟着他往里走。打着手电一路往里，一直走到了这个洞穴的尽头，我忽然看到，我们面前的地面上，出现了一条巨大的裂缝。裂缝大概有30米宽，200米长，犹如一道蜿蜒的巨大的伤疤，极为壮观。

罗子桑走到裂缝的边缘，用手电往下照去："夏教授说，这是地质活动形成的裂缝，这里曾经发生过人类没有经历过的巨大的地震。"

我本来还想和他讨论出去的安排，但被看到的东西震惊了。

"在你醒来之前，我们发现了这里。"罗子桑把手电照向裂缝四周的石头上和洞壁上，我就看到了无数惊人的壁画。

这些画的线条简明，但又十分形象，所表现出的丰富内容绵延开去，形成一种奇特的壮观感和视觉震撼。这些画一共有三个部分：第一部分是生活部分，十分简单，就是稻谷的耕种、制渠引水和打猎。在良渚遗址上确实发现了古良渚人种植水稻的证据。第二部分是玉矿的开采和制作。这部分的画比较多而且杂，但基本可以看明白他们在此采矿、运送、制坯、成型、钻孔、分割、刻纹。第三部分则显然是一种拜神和祭祀仪式。领头祭拜的人脑袋上有羽毛，双手向上，似乎在向神灵祈求什么。祭拜的是什么，没有刻画出来，但已足够震撼。

巨型裂缝

我第一次看到如此密集的洞穴壁画，几乎整个洞壁的上端全部都布满了。

"岩壁下面的壁画在发水的时候被冲走了，上面的一直保存了下来。"罗子桑说道，"这些都是古良渚人的壁画，因为良渚是一个成熟的文明，所以他们的使用颜料和绘画的能力，与原始人不一样，审美水平也不在一个层次。"

真的是极度的壮观，我完全被震撼了。

"为什么这里会有壁画？"

"恐怕接下去还会有，整个良渚文明持续了一千年左右，这是非常漫长的时间，这个地方对于他们来说，非常神圣，所以这里附近很多地方应该都有壁画。从古良渚人对玉的崇拜和我们在路上看到的所有的岩石和地质的演变，我相信，这个缝隙下面，就是良渚玉矿了。"罗子桑看着我，"对于一个地质学家和一个考古学家来说，到了这里，你不让他们下去，是有点残忍的。"

我完全被震到了，一时间说不出话来。

"但你说的也非常有道理，按照原则，我们应该先保证自己的安全。"罗子桑说道，"我们其实也无法下去，因为没有绳子，我们这些人没有办法徒手攀岩，只能在这里看着这个深渊兴叹。"

"这下面有多深？"

"非常深，不是地质探险可以理解的深度，这里垂直往下，有1千米深就不得了了。"说着，罗子桑把手电照向边上的一个图形。

那是宋松的记号。

"宋松下去过，你说他到这里来，是把石头送回去，那么，他一定是送石头到了下面。我们一路走来，目前也只看到一些玉矿石，我们没有看到的玉矿脉，一定就在下面。"罗子桑伸出手，让我学他，我跟着他做了一样的动作，我感觉到从深渊下方冲上来的空气，竟然有一股暖意。

"地热，下面会非常热。"罗子桑继续说道，"这下面有着本世纪最大的考古发现。我们是一群没有用的东西，如果霞月不帮忙，我们都没有能力往下走。如果你愿意给我十二个小时，让霞月带我们下去，之后霞月就是你的，我只要十二个小时，到时候，你想知道的事情，我全部都告诉你。"

第三十八章

　　他看着我，我实在没有想到他会提出这么一个要求，这个要求太完美了，而且我还处于被四周场景的震惊之中，一时无法找出有效的办法反驳。

　　惜了几秒，我才想起一个问题来，问道："可我们没有足够的绳子，只有 10 米了。"

　　罗子桑用手电照了照裂缝下方崖壁上的一处地方，那里好像打着什么东西，仔细看，竟然有一个岩钉，还挂着一条绳子。

　　"宋松他们下去的时候，打的装备在这里。"罗子桑说道，"已经过了二十多年了。"

　　他的手电继续往下照，能看到绳子一路下垂，一直垂到裂缝的深处。

　　"你要用宋松他们留下的绳子？都二十多年了，还能用吗？"我惊道。

　　"霞月下去测试过，能用，我们还有 10 米新绳，可以用来做安全绳。"他看了一眼我完全不相信的脸,"登山的老绳子只要是尼龙的,保存时间就很长。而且那个时候的老绳比现在的要粗,只要没有明显的腐蚀,是可以用的。不过,要到达那个岩钉,需要一点勇气。"

是的,那个位置虽然离我们只有十几米的距离,但在深渊上徒手攀爬,还是非常让人恐惧的。

"这一根绳子,能承担所有人吗?"

"不能。保险起见,我们只能两人一组,但往下肯定还有安全扣,要换绳子,也就是第一组人下到下一个安全扣,就换一条绳子,第二组人再下去。这样一段绳子上,永远只有两个人。"

我咽了一口唾沫。

"我们依次下去。这段徒手攀岩,就让霞月带着 10 米的绳子先下去,做一个安全扣,然后我们下去,在悬崖上找一个位置站好了,不要往下看。接着霞月解开我们的安全扣,把绳子抽下来,再往下。等她爬到岩钉的地方,两根绳子接上,我们再扣回安全扣,继续往下。"

也就是说,中途有一段时间,我必须在没有任何保护绳和锚点的情况下,徒手抓着岩壁等待霞月搭下一段的绳子。

"你们在我没醒的时候,已经全部商量好了?"

"我们只要十二个小时,因为速降的速度很快,十二个小时肯定就降到了人类能降的极限深度了。"罗子桑说道,"要么就到底了,要么玉矿脉就在这个深渊中段的洞壁上。"

说完他看着我,敲了敲自己的脚:"来不来随你,反正我们听完录音就会出发。"

我无言以对,他转身离开,留下我一个人看着这道巨大的裂缝。

走了几步，他忽然用手电照了照一边岩壁上的一幅壁画："看看这个，如果你愿意一起下去，你和我一组，我会和你说壁画上画的是什么。"

我转身想去看壁画，却觉得脚下有点软，似乎深渊之下有什么吸力，正在把我往下吸。

我立马离开了缝隙的边缘，来到他照的地方。

他已经往回走了，我用自己的手电去照他刚才照的地方，发现那里有一幅赭红色的壁画。

上面画着一层一层的东西，非常像良渚玉琮上的那种分层的花纹，而这些纹样的中间，有一个兽面的花纹，是用白色的颜料画的。

我认得那个东西，那是良渚文物上经常出现的神徽。

几乎所有的良渚玉器上都有这个神徽的影子，甚至在非玉石制品，比如象牙权杖上也有。神徽由神人和神兽两部分组成，神人下面蹲踞着神兽，也叫神人兽面纹。神兽纹样里据说还有猪和太阳的元素。

良渚方方面面都与这个神徽密切相关。神人兽面纹与玉琮节面有机结合，它的组成元素还融入其他玉器的外形中。王室成员更是用组玉做成头饰，把自己装扮成神的样子，营造王权神授的氛围。

从社会发展来说，神徽的象征意义，反映了当时社会信仰的本质。古代的良渚人，崇神。

我不明白罗子桑在想什么，那神徽非常的大，本来这里的壁画就比玉琮不知道要大多少倍，几乎有三层楼那么高，看上去神性十足。

我喊了一声："很重要吗？"

他在远处回答："你会名留青史的。"

我没明白他是什么意思，脑子乱成一团，原来的计划破灭了。我原本以为往下的路程还远，我无法承受，那下不下去是一个问题。但如果只有十二个小时，而下面有着惊动世界的发现，我不下去，合适吗？

都到了这里了，我不下去，合适吗？

他们继续听录音，我冷静思索并纠结了很久。回到聚集的地方，他们仍旧在做这件事情，而我终究还是没有结论，还坐下来睡着了。

我是被无数的声音惊醒的，忽然发现，四周完全是之前的状态，我仍旧是在石头的缝隙中，根本没有人来救我，而四周是几万人窃窃私语的声音，完全没有停歇。

我推掉面前的石头，从藏身的石头缝隙中爬了出来，整个人陷入巨大的迷茫之中。

手电扫过四周，四周一片漆黑，没有任何人，我莫名其妙。

刚才发生了那么多事情，细节历历在目，怎么一晃神，好像我在做梦一样。

我大吼了几声，没有任何回应。我往三具尸体的地方走去，尸体仍旧在那边，一动未动。

我的手电越过尸体，扫向来时的水潭，看到有一个人站在水潭里，水没到了他的半腰。接着瞬间，那人的嘴巴变得巨大，整个下巴拉长，整张脸变成了一个巨大的鬼脸。

我瞬间惊醒，发现刚才的才是梦，所有人都被我吓了一跳，看着我。

此时，我看到霞月已经开始在准备装备了。

"你做好决定了吗？"罗子桑问道。

当时我满身冷汗，直接就点了点头，事实上我不知道自己为什么会答应。当时我唯一的想法，就是我不能一个人待在这里。

我站起来，霞月看着我笑了一下，不知道是对于我没有破坏她的计划而嘲笑，还是得到了一个同行者而开心。

"我们把记有研究成果的笔记本留在这里，如果我们在接下来的探险中死亡，那么现在的研究成果至少不会丢失。"罗子桑说道，他珍重地把自己的笔记本放到一块石头上，笔记本是用防水胶布贴好的，然后上面压上石头。

其他人纷纷效仿，罗子桑说道："感谢大作家给我们这个机会，能够探索到这里。接下来，我们要去见证奇迹！"

一行人再次出发，来到了裂缝的边上，两两分组。我此时还没有完全反应过来，只知道罗子桑和我分在了一组，他兑现了他的诺言。

霞月做好固定位，自己先往老绳子挂的岩钉上垂直挂下去，夏民和沈汤一组先往下，他们到达了一处落脚的地方，霞月让他们趴好，然后抓住岩石上的缝隙，她抽掉了安全扣，就让我和罗子桑下去。

长话短说，这段路非常惊险，特别是趴在岩壁上，没有保险绳的时候，我真的一眼都没有往下看。

霞月抽掉10米的绳子，然后在我们所在的位置重新找了固定点，把10米的绳子垂下去，这才和老绳子连接起来。

这一次是我和罗子桑先下去，从10米的绳子，我们小心翼翼地把安全扣转移到老绳子上。

罗子桑拽了拽老绳子，确实还结实，当年的货品就是好。

两个人开始速降，快速往下，坠入了深渊深处。

第四部

神

徽

第
三
十
九
章

　　这一段绳子的长度大概是 50 米，之后换了一个岩钉，看来宋松是
50 米一个岩钉这么往下走的。

　　上面的夏民和沈汤，等到我和罗子桑的手电发信号才下来。这样，
我们每次都是在不同段的 50 米上，绳子的负荷不会太大。

　　很快我们就下到了 100 米的位置，罗子桑用手电照对面的洞壁。

　　手电是大流明的，照得非常亮，我清晰地看到，这里的岩壁是一
层一层的，似乎是某种沉积岩石。

　　这似乎更加佐证了罗子桑对于玉琮分层的解释，而且在这些图案
中，我看到有一些岩层已经扭动起来，甚至出现了打卷的情况。

　　这是地壳变化的时候，地层扭曲形成的。在山西，有时候地表就
能看到回卷上来的煤矿矿脉。

　　这些打卷的岩层岩脉，忽然让我想起了良渚玉琮里，表面有很多
所谓的云一样的纹饰，和这些岩层打卷产生的图案非常相似。这些纹

形就像是天晴的时候，飘在天空的云朵一样，纹路隐约凸起，互相贯通，排列极有规律。

我有一些兴奋，觉得是一种了不起的发现，罗子桑则非常平静，他对我说道："你看，古人创作某种东西，一般都会有一个清晰的原型。"

"你是说这种纹路，都是来自这种地层扭曲产生的花纹？"

"洞穴对于古人来说有着强烈的吸引力，首先是洞穴内野生动物数量少，懂得照明之后，洞穴基本上是古人外出长途狩猎的中转站，可以藏匿猎物，也可以躲避敌对部落的攻击。所以洞穴探索对于古人来说，是不可缺少的活动。"罗子桑说，"他们在洞穴中，看到了地质分层，很容易得出大地是分层的这个结论。"

我们停下来休息，我用手机拍摄这些花纹，并问他："你不是说你有一个秘密要告诉我？"

"你还记不记得我和你说过，地质学上有一个地球上最大的谜团？"罗子桑问我。

我点头，这个关子他卖了快一个月了，我竟然忍住没问。

好奇心这种东西，忍住了就会消失，再提起来又会产生，所以这本质上在于记性好不好。

"我现在可以告诉你了，在地质学里，有一个大家都不愿意谈及的现象，你问夏教授，他也会不情愿告诉你这个信息。"他用手电照着那些岩层，说道，"世界上所有的物质，最终都会沉淀到地层里，一层一层地往下，所以在地质学上，地层学基本上等于地球历史的指纹。我们通过地层学，知道了寒武纪，知道了太古代，知道了几亿年甚至几十亿年前，地球上发生过什么，对吧？"

我点头，他继续道："所有人都认为这件事情是不可改变的，板上钉钉的。一直到1869年，一个叫鲍威尔的美国地质学家带领科研小组，到科罗拉多大峡谷展开了一次勘查。在勘查峡谷两侧崖壁的时候，他发现这里排列有序的岩层中间出现了一段巨大的缺失。"

看我皱起眉，罗子桑先跟我解释了一下："千层蛋糕吃过吧？假设地球的地层就是一个千层蛋糕，每一层都由不同时代的泥土组成，一层一层叠上去，看上去非常稳固也非常有规律，假设每一层都有一个楼层号贴在上面，你从第一层开始往上边走边数：1、2、3、4、5、6、7、8、9……但忽然，你发现7、8、9层之后，号码直接跳到了21、22、23层，这种数字的断层，让你非常迷惑，中间的那些层去哪儿了？"

这我能懂，罗子桑继续道："科罗拉多大峡谷的地层调查结果，让鲍威尔十分困惑，结晶岩石最少也有17亿年的历史，而砂岩中最古老的只有5.5亿年。由此来看，上下两个岩层之间，缺失了超10亿年的岩层，也就是说，地球的地质记录中，有超10亿年的空白。之后，科学界进一步证实，不只是在科罗拉多大峡谷，在地球上任何大陆的中心，无论是亚洲、欧洲还是美洲，只要向地下钻探，就会看到这种现象。也就是说，在我们脚下的任何一个地方，都有这种岩层现象。有时候深，有时候浅，但一定存在。除了地层被完全剥离的山脉，这是个非常普遍的地质现象。"

最后，罗子桑下了结论："也就是说，在全世界各地的地质勘探者统一的勘探记录里，都普遍记录了巨大的年代断层现象，地球的地层，17亿年前到5.5亿年前，是不存在的。"

我看着罗子桑，完全无法相信这个说法。

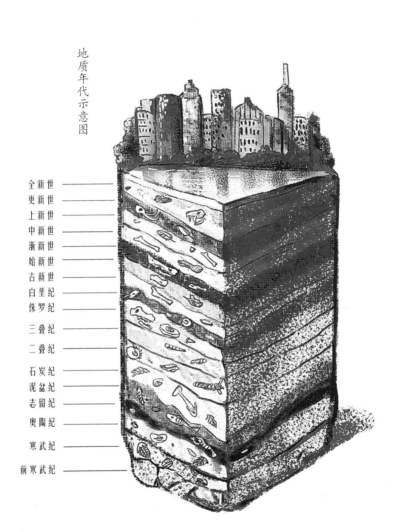

地质年代示意图

全新世 ——————
更新世 ——————
上新世 ——————
中新世 ——————
渐新世 ——————
始新世 ——————
古新世 ——————
白垩纪 ——————
侏罗纪 ——————
三叠纪 ——————
二叠纪 ——————
石炭纪 ——————
泥盆纪 ——————
志留纪 ——————
奥陶纪 ——————
寒武纪 ——————
前寒武纪 ——————

"你是说，地球历史上，有超 10 亿年的地层消失了？"

"嗯。"

"可这怎么可能？"

罗子桑解释道："科学家对此也有没有一致的解释，目前只有三种假说。第一种就是雪球理论，也就是说，地球在某个时期，是一个大雪球，表面覆盖着冰川。这种冰川又分为冷、湿两种，湿冰川可以流动，在流动过程中啃噬地面，切割表面，形成各种深谷，也就有能力移除 3000—5000 米厚的岩层。不过，这个理论有一点无法自圆其说，那就是雪球运动结束于 5.8 亿年前，而砂岩层最早形成于 5.5 亿年前，这中间的 3000 万年，又去哪里了呢？

"第二种是超大陆死亡理论，就是假设在 10 亿年前，地球上有一个超级大陆，名叫罗迪尼亚，几乎涵盖了现今地球上的所有板块。由于整个大陆是一个整体，地球内部的热能难以发散，在热能的持续冲击下，地壳上升，超级大陆开始断裂。经过 2 亿多年的时间，大约 7.5 亿年前，这块超级大陆分裂成了几个板块。但这个理论漏洞更大，单纯从时间来说，7.5 亿年之后所形成的岩层，去哪里了呢？

"第三就是多次事件的综合效应，这是将前面两个理论结合起来，由于冰川和板块运动，将一些岩层抹掉了。"

我虽然听得云里雾里，但看他的表情，以及他肯停下来花这么多时间解释这个，我觉得他有自己的想法，于是问道："你觉得不是？"

"是不是我们继续往下，就能知道了？"他忽然神秘地说道。

"为什么？"我觉得奇怪，不是说全球都发现这 10 亿年的地层消失了吗？这里会有消失的地层？

"这10亿年的地层消失还导致了一个很大的困境，就是大量的进化论化石证据断代了10亿年，这是进化论上很痛苦的点。有很多生物进化的中间环节，随着这10亿年也消失了。"罗子桑继续和我说道，"但不管是多么大的冰川覆盖，地球上一定不会完全被覆盖，因为地球生物没有灭绝，如果当时世界上所有的地方都被冰雪掩盖10亿年，那生物演化的逻辑就要完全重写了。所以一定有一个地方，在当时是没有被冰雪覆盖的，在那个地方，会有10亿年缺失的地层。"

我看着他的表情，惊讶地意识到，他觉得应该就是这里。

"是这儿？"

罗子桑不置可否："我不知道，也许是。"

"你总要有什么推断的依据吧？"

"我有。"罗子桑看着我，似笑非笑。

我实在无法忍受了："大哥，你能不能说？"

"不能，这是最高机密，现在全世界都不知道我们掌握了什么，但你可以推理。你不是写小说的吗？"

我看着罗子桑，他开始继续往下速降，我跟着他，只觉得汗毛直立。

虽然知道他一直有事情瞒着我，而且他一直强调，瞒着我的都是私事，但事到如今我忽然觉得自己有些幼稚，是不是被他骗了。

哦！我忽然想到了一种可能性，难道他的目的不是良渚的研究，而是地层缺失的研究，所以他不能说出来，因为夏民是一个很强大的竞争对手。

他说自己有依据，觉得这下面有缺失的10亿年的地层，这个"有"的定论，绝对是在我们启程之后才得出的，在我找他之前绝对不存在，否则他早就来了，不会等我组织，而整个过程中，他开始变化就是在发生泥石流的时候。

他在泥石流时听到玉琮的声音之前，还是一个安静的学术人士，但听到了玉琮的声音之后，瞬间就变了，现在极度自信而且神采奕奕，并且愿意冒极大的风险。玉琮一定给了他很大的启发，让他整个人都亢奋起来。

也就是说，"依据"很可能是玉琮告诉他的。

玉琮的声音不是古良渚语吗？为什么里面会有关于地质学的信息？难道玉琮的声音是当时的地质学家录的？之前曾说当时良渚的贵族也许会以深入地下为荣耀，那是不是说，这里的玉琮所记录的，都是探险日记，然后其中有某段叙述，让罗子桑预判到这里会有地层缺失的线索？但——这也需要罗子桑真的能听懂古良渚语。

这一点在小说里是成立的，但是在现实生活中，我总觉得概率太小了。

我忍不住了，还在犹豫是否再次询问他，他就和我说："看好了，接下来，我们应该能看到惊人的东西了。"

随着绳子的下降，我们已经降到了大概 300 米的地方，罗子桑一直在用手电照射对面的岩壁。终于，他停了下来，把光圈拧到了最大。

我看到在我们对面的岩壁上，出现了一条白色的巨大岩层，上面有无数的凹陷，密密麻麻，犹如一个马蜂窝。

这颜色、这质感，我立即就明白了，这是一条良渚的玉矿，我们终于来到了我们的目的地。玉矿上面全部都是开采玉石的痕迹，在缝隙中，甚至还能看到非常古老的灶台，穿越 5000 多年，一直在等待我们的到来。

由一个聊斋似的故事，走到了现实，着实先让我惊悚了一下。想想这其中跨过的巨大鸿沟，随之又有点自豪。想来等出去之后，也能以此告慰陈之盒了。

看着眼前古良渚人生活和劳作的地方，仿佛古老的良渚文明正向我打开神秘的大门，甚至还有古良渚人留下的信息，我从未像现在这样，对这个古老文明如此向往。

而罗子桑的判断也完全没错，这条玉矿脉上，所有的开采点都布满了古生物的化石，基本上都是海洋中的巨大菊石。

之前说过，透闪石是由地下高温高压岩浆形成的，并不会形成化石，不知道要多么巧合的自然造化，才会将两种石头合为一体，变成玉石，并且深埋进地层里。

矿脉一层一层，往下的岩壁几乎全部都是透闪岩了！

一层一层玉矿，所有人都安静地看着，我的心情非常复杂。

这是一种异样的壮观，和我过去看过的壮丽的景色不同，这种壮观来自这是一个这么长时间的未解之谜，如今终于被揭开了。

良渚玉矿在哪里？原来就在我们脚下的深处。

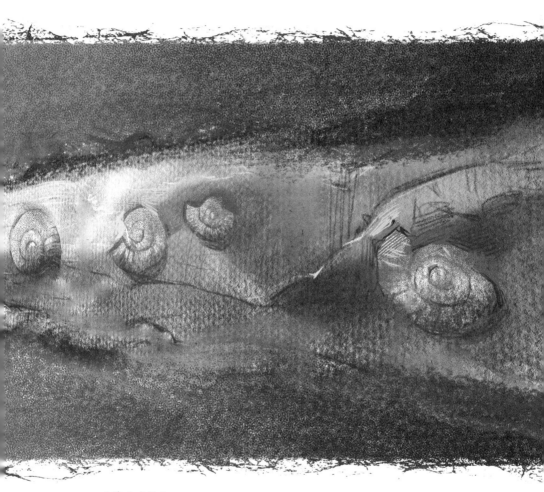

玉矿带（虚构）

第四十章

　　毫无疑问，罗子桑一定会继续往下，但我已经开始隐约担心了，因为温度实在是有点高，从体感来讲得有 40℃左右了，加上湿度又大，整个人非常难受，呼吸都有点困难。

　　下降到 500 米左右时，空气更热了，我暴汗如浆，空气中的闷热已经到了让人无法正常呼吸的状态，此时就是在桑拿房里待了十分钟的感觉。

　　我们停了下来，罗子桑的对讲机响了，是夏民："你们不能再往下了，已经快到极限温度了。"

　　我看了一眼罗子桑，罗子桑也擦着汗看着我。

　　我难受得不停深呼吸，问他道："我不行了，你还行吗？"

　　罗子桑看着脚下的万丈深渊，降落绳在这里还是一直往下，说道："宋松他们继续往下了。"

　　我简直不敢相信，怎么可能继续往下？这里的温度，继续往下绝对就窒息了。

我摇头："他们来的时候可能温度不是这样的。"

罗子桑看着我，看得出他也非常难受。在这种温度下，所有有理性的人都知道绝对是极限了。

没有什么好坚持的，往下温度再升高一点，就几分钟，人就会休克。或者说，我现在随时都会休克，大脑已经很难思考了。

罗子桑用手电照了照我们贴着下来的洞壁，这上面也有非常多的坑洞和化石。

但不知道什么原因，这一面矿脉比较稀薄，所以矿洞不多。

他开始荡起来，我和他一起荡到洞壁上，直接抓住一条缝隙。

这里洞壁上的缝隙非常多，能看到很多特别粗的缝隙里都有石头铺平，可以睡觉和做饭，采玉矿的古良渚人是在洞壁上生活的。

罗子桑抓住的裂缝是细的，他把一个阻力岩钉塞进去，再把自己身上的短安全绳扣上去。

然后借由这个支点，他吃力地爬到了一个比较粗的缝隙里，爬了进去。我照葫芦画瓢，也爬了进去。

这缝隙有 2 平方米左右，里面用碎石头铺平了。这里的石头都是烫的，但这个缝隙有七八米深，我们把绳系在洞口，然后往里爬着探了一下，里面还有一个石头的灶台，最让我们欣喜若狂的是，最里面的洞壁上有水。

是泉水——地下河支脉的毛细血管，我用手接了一下，是凉的。

这使得这个灶台边上的气温陡然下降。我们赶紧用水扑脸，终于冷静了下来，并且开始贪婪地呼吸凉爽的空气。

"有灶台的地方，都应该有水。"罗子桑忽然说道，他靠在石头上，整个人已经累得虚脱了，没等我反应过来，他就脱掉了自己的假肢，"你想，他们住在这里，采玉矿，一次住多久是合算的？如果是一周，只要干粮就够了，有灶台，起码半年以上。水是个大问题，我一直在疑惑，他们是怎么解决水的问题的，现在我知道了。"

"是靠这些地下水吗？"

"有灶台的地方一定有地下水，这些水就来自一路过来跟着我们的那条地下河。你想，如果外面有洪水的时候，这里会是什么景象？"

地下河到三具奇怪尸体的地方就停止了，水进入到地下深处，在鹅卵石玛瑙滩下流淌进地下深处。

"如果外面的水大，那么鹅卵石玛瑙滩的水位提高，玛瑙滩会被淹没，水会直接从缝隙灌下来。"我对罗子桑说。

罗子桑点头："这应该是为什么宋松他们可以继续往下的原因。"

"你是说，水位提高了之后，这里的温度会下降？"

他点头，爬回到洞口，开始用手电往下照。

照了几个地方，都是缝隙，里面有人工的石头垫平的痕迹，证实了他的推测："这些只要有人工痕迹的洞里，肯定都有泉水，都是凉的。我们现在要下去，可以用这些做中转。"

他用接了泉水的水壶，浇在自己头上，接着喝了几大口，然后倒在自己衣服上，之后盯着手表。

我不明白他在干什么，也没说话，就默默看着，大概四分钟后，他说道："泉水是凉的，浇在身上可以降温，四分钟之后降温的效果消失，但是人体可以总体适应十分钟左右。我们可以下降 50 米，再找一个缝隙，从里面接泉水来冷却自己。"

我抹了抹汗，不敢相信他还要再下去，只得建议道："不如等外面下雨？"

"我们的食物撑不到那一天的。"罗子桑说道，"宋松他们一直在往下，这下面还有更大的发现。"

我看着他，他说得无比肯定，他看我看他，拍了拍我："相信我，死也是值得的。"

第
四
十
一
章

他的眼神无比坚定，可我心里还是条件反射般地权衡利弊，有几秒钟我无比迷茫。

说实话，现在的情况已经完全失去了控制，远远超过了我的心理底线。是的，像我这样的中年文人，对于风险是有一条预估底线的。如果超过了底线，我会放弃利益，直接离开。但在情况完全失控、风险变得不可预估的情况下，其实我没有任何的选择。

我也有另外一个优点，就是我没有选择的时候——比如说现在我根本不可能靠自己的能力上去，然后回到洞口——我就会快速地做出决策。

我决定义无反顾地继续往下，老子要名留青史，作出贡献。

"你觉得我们最深能到多深？"我问他。

"谁也说不准。最深的金矿能到达地下 4000 多米，但需要 24 小时灌入冰浆降温，那个深度，岩石的温度可以达到 60℃。如果没有降温条件，我们很难生存。"

我到洞口继续看了看往下的绳子，心中也暗自放心了一点。如果是这样的话，我们再往下一两百米，我觉得基本上所有人都得放弃。

罗子桑叫喊着，和上面的夏民讲他的计划。夏民认为太过冒险了，但我似乎听到了霞月劝夏民的声音，很快，夏民就改变了主意，显然是被霞月说服了。

现在的岩石温度已经非常高了，肯定远超40℃，如果继续往下200米左右，会到达50℃，那基本上这次探险也就结束了。这是一个物理障碍，没有任何人的意志可以影响，我也就不去多想了。

我和罗子桑用水泼湿身子和脸，然后往下继续速降。很快就到了下一个50米段，停下来，竟然发现身上的水还可以降温，于是没有犹豫，直接换了下一段，又下去了50米。

这100米下完，我们再次回到了空气极度灼热的状态，摸着的石头已经烫手了，我和罗子桑立即去找那种古良渚人住的缝隙。

最近的一个有10米远，我们两个人互相帮忙，手脚并用地在崖壁上爬过去。我们爬进去时浑身已经被汗水湿透，我已经被热得精神恍惚，绳子差点就脱手。

只要一脱手，绳子就会荡回到10米外，我们就得等夏民下来救了。

还好罗子桑反应快，一下抓住了绳子。他看了我一眼，打了一个岩钉在外面，把绳子系在外面，然后我们往洞里走。

果然里面有泉水，而且比上面那个缝隙里的还大，我俩直接把脸埋进去冲。

罗子桑浑身淋透了，但冲着我笑，他的方法能行，他很得意。

我大口大口喝水，然后瘫倒在石头上，这里的石头是温的，泉水的凉气已经没有办法让它完全变冷了。

两个人都出汗出得没有办法说话，原来出汗那么累，我是真没有想到。

休息中，我一直想提出咱们是不是可以了，但又觉得只下来了100米，可能罗子桑的锐气还没被消磨干净。

我打算，要么再下去100米，最多200米，就得直接问了，估计那时候温度都要逼近50℃了，就算下面有泉水，也得是温泉了。

所以我忍住没提，两个人继续往下。

又往下走了50米，我看到下面起码还有几百米的绳子，手电往下一路能看到，心中真是服了，心说宋松真的是在搞地心游，怎么这么能下！

这次下去了50米，我的体感却发生了微妙的变化。

我发现空气的温度不仅没有再升高，反而开始变凉了。

一开始我以为自己烫伤了，我知道烫伤最开始的感觉是凉，而不是疼。

但随即我就发现，温度确实没有再升高，反而是在下降。

我和罗子桑面面相觑，罗子桑摸了摸岩石，也让我摸，石头也变凉了。

我心中其实有点绝望，罗子桑看上去是疑惑，他叫喊着问上面的夏民，老头在上面回答："地下河！"

听他们一来一回的对话，我大概理解了，这里岩石降温，可能是多条地下河在附近的岩层里交汇导致的。

罗子桑非常兴奋，我则非常绝望，老天不仅不阻止我往下，还推了我一把。

感受十分复杂，但最终我还是按照惯性继续往下。结果越往下，情况越好，也不知道下了多久，不仅绳子没有到头，温度也几乎一直保持在40℃左右，这是一个能忍受的温度，虽然炎热。

用流行的话说，我整个人就是降麻了。后面我几乎没有任何的主观能动性，就是换绳子，检查岩钉，检查老绳子，然后继续速降……整个过程非常机械。

等我们速降到了大概地下700多米的深度（当然绝对深度不止，可能已经超过1千米了），罗子桑忽然收住了脚。

我和他必须同时松手，同时捏紧下降绳，才能实现同频下降，只要有一个人不松，人就下不去。

所以我松手往下，发现自己没有速降下去，而是悬停在了原地。

我回过神来，就看到罗子桑看着对面的岩壁，似乎上面有什么新的东西出现了。

我抹掉脸上的汗，也去看。他不停地放大光圈，最后，我们都看到了，在对面的岩壁上，出现了一块巨大的化石。

那是一只巨兽，用一个奇怪的姿势固定在对面的岩层中，骨骼非常多，整个状态十分奇怪，诡异莫名。

一开始，我以为那是一条鱼龙，但再仔细看，就发现它不是任何我概念中、知识层面里涵盖的古生物。

我可以保证这东西绝对不是现代生物学里的生物，它的结构和进化方式，恐怕和我们想的完全不同。

我感觉到罗子桑在颤抖，而且我也知道为什么他会颤抖。

因为这巨兽的化石，和良渚神徽上那个奇怪的神非常相似。

在良渚的未解之谜里，玉琮上的神徽一直是和良渚玉矿的所在一样诡异的存在，那个神徽，普遍认知是一位羽冠天神骑着一头神兽。

但那神兽到底是什么，没有人能讲明白，而且在某种程度上，还可以把神兽当作是天神的身体，这也能讲得通。

但看到这块巨大的生物化石，我们就都明白了，一切尽在不言中。

因为岩层中的这个奇怪的生物，它的形状，和神徽上的神兽非常相似。

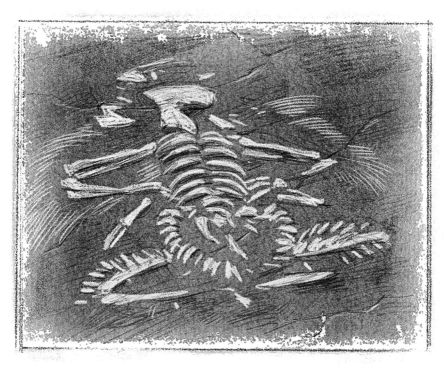

巨兽化石（虚构）

当然，这块化石肯定有几亿年的历史了，几十米长的巨大生物，肯定给到这里采矿的古良渚人留下了深刻的印象。

而且，这个巨大生物的背脊上，有很多羽毛的化石痕迹，整个看起来，如果没有生物学知识，很容易看成是有羽毛的巨人骑在它身上。

事实上，上面的部分是尸体的拱起部分，可能是一个肉瘤或者是背上的刺。

但那不是恐龙。

恐龙有非常明确的定义，能被称为"恐龙"的中生代生物，起码要满足以下条件：一是直立行走；二是生活在陆地上。而诸如翼龙、鱼龙等，只能算是和恐龙有亲缘关系的爬行动物。

良渚神徽

所以根据已经发现的化石，能被称为"恐龙化石"，它得有一些特殊的构造：首先，颅骨上有两对孔洞，称为颞颥孔，这两对孔洞使得它们拥有极强的咬合力；其次，四肢位于躯体的正下方，方便直立和行走。

而这个生物的化石，能清楚地看到，它的头骨上并没有颞颥孔，四肢很明显，是位于躯干的两侧并向外伸展的，而不是身体的正下方，这是一种完全不同于恐龙的身体构造。

这到底是什么神奇的物种？

我们看了很久很久，可能就如同当年良渚人刚刚到达这里，用火把照明，看到这个怪物的时候一样。我内心自然而然生出了这是古代神明的想法。

隔了很久，上面的夏民看我们没有继续往下，在上面喊，我们这才回过神来，我问罗子桑："这是什么？"

"我没有见过这种古生物。"罗子桑喃喃道，"我几乎能够背出所有的古生物图鉴，我6岁的时候就可以认出奇虾和怪诞虫，我甚至认识冥古宙的细菌化石，但我不知道这是什么。"

罗子桑说着用手电去照了照上下的岩层，这里的岩层一层一层的，非常明显，然后他就笑了："它果然没有骗我，这一段岩层，就是在全世界失踪的那一段10亿年的岩层。"

我看着他，他浑身发抖，接着他就对夏民大喊："老夏，这是消失的10亿年！"

夏民显然还没有反应过来，回了一个"啊"。

罗子桑大叫："你要得维加奖了。"

夏民就骂："你别胡说，都到了这里了，别开玩笑。"

我看着那生物，这里上下都是海洋生物的化石，但这个生物，一看就是两栖的。

不知道为什么，我虽然不是什么专家、科学家，但是我知道那是两栖类，它太大了，不可能完全生活在陆地上，同时它又有腿一样的东西。

"你这么确定？"我就问罗子桑，我怕他白开心了，"可为什么，全世界都找不到那10亿年的地层，这里会有？"

罗子桑说道："有很多可能性，也许，如果当时全世界都被大雪覆盖的话，这里就是全世界最高的地方，这里非常寒冷，所以有羽毛，

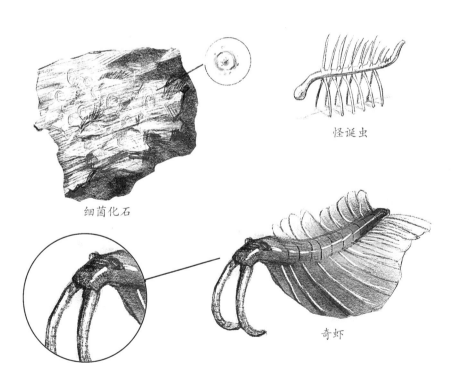

细菌化石

怪诞虫

奇虾

而这种生物是生活在雪线附近的，它们可以在水里游泳，又或者——"

罗子桑不说了，我追问道："大哥你说啊！"

罗子桑拍摄了化石的照片，然后对我道："你看这个化石四周没有任何的矿洞，虽然缝隙中还有人居住，但这里并没有被开采过，说明古良渚人认为这东西有神性。"说完，他又照了照往下的绳子，一路仍旧看不到尽头。

"宋松还在往下，你知道这意味着什么吗？"罗子桑问我。

我摇头。

他说道："说明这些巨大的神迹，对他来说完全不重要。对于他来说，有极端重要的事情，还在下方。"

我意识到他在转移话题，没等我继续追问，罗子桑忽然解开了自己的假腿，丢了下去。

假腿瞬间摔进深渊里，隔了很久，我们才听到一声落地的声音。

我看着他，他说道："我只有到底，才能拿回这条腿，才能回去，所以我绝对不能放弃了。"

"你疯了。"我怒道，"首先，你不知道宋松是不是真的到底了；其次，你不知道下面的温度。"

"宋松当年是带着一块巨大的石头往下的，所以这些绳子才这么结实，为了能做那么长的绳子，他们不知道在里面运送了多少来回。"罗子桑说道，"我就赌了，赌那石头，那块奇怪的石头，一定被运到了最底下。如果我赌输了，愿意死在这里。"

我已经没有力气和他争辩了，对他道："走吧，看看你是输还是赢。"

我们两个同时松开下降器，继续速降。

第四十二章

接下来发生了两件事情。

第一件是夏民降下来后，看到那巨大的古生物化石，几乎晕厥了过去。他下降到这里已经非常不容易了，再加上精神受到很大的刺激，所以在继续往下的过程中，他有一点神志不清。

第二件事情，是我再次试探罗子桑是否能够听懂古良渚语，他充耳不闻。但因为他刚才的惊叹中，说了一句"它果然没有骗我"，加上我之前的推断，我觉得他肯定是从那堆玉琮里听到了什么，而且他能听懂。

此时的罗子桑已经完全进入到极度亢奋的状态，我也热得失去了理智，不再过多地警惕，机械地跟着他往下。一路上，各种奇怪的海洋生物的化石不停地出现，连拍照都拍不过来。

我们又下降了很长一段时间，空气越来越凉，我无法理解，但想想也就算了。夏民可能是对的，有时候我能从岩壁里听到水流的声音。

裂缝深处

又经过了很久，终于，我看到了这条缝隙的底部。底部平平无奇，是一个大概半米深的水潭，潭底全是乱石。我们直接下到了底部。往上看的时候，我瑟瑟发抖，不知道自己上去需要多久，需要多少体力。

我和罗子桑落到了水中，看到底部的缝隙朝两边展开，一边是死路，一边有一个大概一人宽、半人高的小洞，里面很深的样子，一片漆黑。再看这潭水，发现里面竟然还有鱼和虾。这些虾的颜色看上去都是浑浊的，虾肉比较丰满。我抓了一下，虾也不怕人。这里的水已经干净得犹如玻璃一样，杂质都过滤光了。

很快，夏民他们也下来了，所有人都先用水开始洗脸。大家都是一身的汗，衣服全部都湿了。如果不疲倦的话，应该不会显得这么狼狈，甚至会有点酷，但现在不行了。霞月直接就脱掉了自己的紧身衣，和沈汤在石头后面清洗自己。罗子桑用手电去照那个洞，洞口上有记号，但这个记号已经不是之前看到的记号模样了。

这次的记号，是一行字：别进去，里面有恶鬼。

用的是和之前记号一样的反光漆，但文字的内容，意义完全不同。

我把罗子桑的假腿捡回来，帮他穿戴上，他看了我一眼。

那不是感激的表情，也不是什么理性的善意，他就是在问我：怎么看待这行字？

此刻所有人虽然还在做整理之事，但注意力已经全部都在这个洞上了。

我看了看四周："石头不在这儿，他们确实是运下来了，那就是在这个洞里了。"

"为什么让我们别进去？"罗子桑就问，"你们玩文字的，对文字比我们敏感，这话的潜台词是什么？”

我说道：“假设，假设宋松当年是从这个洞里把那块石头带出来的，之后又用尽心力，为了自己的女儿，把这块石头送了回来，那么石头在他身边的那些岁月，一定是让他非常痛苦的，所以他希望后人不要进去，不要看到那块石头了。”

“如果是这样，当年为什么要把石头运出来呢？”

“那一定有绝对的理由。”否则谁会愿意从这么深的山洞里带一块石头出去。

夏民在边上说：“我们要做好心理准备，里面一定比较危险。”

“为什么？”

“只有宋松一个人出来，其他人的尸体呢？我们一路没有看到，剩下的人可能都在里面。我们要做好面对惨烈情况和危险的心理准备。”

我正想着如何提醒其他人注意一些什么，但到了此时，脑子一片空白。罗子桑直接就往洞里走去，所有人毫不犹豫地跟了上去，似乎都中了邪一样。我被群体驱使着，虽然走在了最后，但是也跟着进入了洞里。

洞口不大，进去之后是一条被水常年冲刷的洞道，大概两人宽，水没到脚踝，走的时候，一会儿冷，一会儿热。

洞道非常高，往上看有100多米，似乎我们在一条大的山体裂缝的底部。往前走了大概两三分钟，整个洞道就开始变宽，并且出现了非常明显的良渚玉矿脉。

这条矿脉有三层楼那么高，出现在一边的洞道壁上。

夏民用手电照着，身后的霞月问我：“是不是你到了这种地方，就得写个机关什么？"

我喘着气堆笑，体力透支十分严重："小说永远不会比自然精彩。"

夏民说道："当然。"

他看了我一眼，眼神中还是有敌意，但很快就被这条矿脉吸引过去了。我已经懒得管了。

罗子桑在前面说："太喘的吃点巧克力，这里的气压变化了，呼吸会困难。"

我从口袋里掏出那种巧克力球，吃了两颗，没有什么好转。

此时，整个洞道已经变成了一个巨大的山体峡谷的底部，大概有30多米宽了，夏民照着四周的峡谷外壁，发出了人类难以发出的惊叹声，犹如鼓风机坏掉的声音。

我们看到那矿脉在这里直接暴发，变成了玉石巨石，整个悬崖都是玉的。

那种良渚玉的质感，在手电光下，呈现一种奇怪的琉璃质感，整个峡谷就好像是一块巨大的骨头，我在一条骨头缝隙里。

但是奇怪的是，我没有看到任何的开采痕迹，似乎古良渚人并没有深入这里，这里明显是比悬崖更好的矿床，开采也方便很多。

也许古良渚人当年觉得不可能下到底部，所以就放弃了。

我心想，又觉得不可能，这是一个上千年的文明，不可能没有人下去的，人类社会一定会出现那种探索世界边界的探险家，那就是古良渚人主动放弃了在下面开采的便利。

这不吉利啊，我心说，这里会发生什么吗？一定是极度的不可解决的危险，才有可能出现这种情况。

"这里曾经温度非常高。"夏民来到了洞壁边上，用手抚摸玉石，"琉璃化了，巨大的高温炙烤岩石产生的。"

"哎，走慢一点。"我听到了罗子桑的叫声，回头看，就看到霞月一个人往黑暗的深处快速走去。她的体力似乎丝毫没有减弱，反而还增加了。夏民看了我一眼，问我道："你不追过去吗？"

我实在是跑不动了，喘气摇头，他也肯定是没有体力了，但还是努力地开始往霞月的方向走。我看了一眼一边的沈汤，她看着我，过来扶着我。"我觉得有不好的事情要发生。"我对她道。

她点头："毕竟上一队人只有一个活着出去了。"

第四十三章

我被她扶着往里走了有二十分钟左右，才赶上他们。我看到水中出现的一座石头山上，有很多大大小小的玉石。可能因为地震，从洞顶塌落下来，在这里形成了一座小山。

这些玉石都非常大，所以形成了一个高坡，上面都是大石头，犹如防洪堤上的防洪石。

石头大了，之间的缝隙就非常大，从远处看去，我觉得这座石头山不是非常稳固。

"这是什么地方？"我自言自语道，直觉告诉我这座石头山很不自然。

"你记得录音里说过的吗？这里面有一个完全坍塌的祭坛。"沈汤说道，"我觉得就是这个石头堆。"

"何以见得？"

"这种堆砌石块的方式，不是自然形成的。"沈汤说道，"只不过现在完全损毁了，所以看起来就是一个乱石堆的样子。"

我们走过去，看到他们在石头山前站着。

我是绝对想不到此时我会和沈汤一个阵营。

也许我不是科学家的原因，就是我远没有他们那样的狂热，我觉得他们已经没有全局思考能力了。

走到他们身后，我就发现这一堆石头中有很多尺寸如同宋松故事里的那种石头。宋松送到这里来的那一块，如果丢在了这座石头山里，我们是不可能找到的。

住着妖怪的石头，就在我们面前，却难以寻找。

"有什么收获吗？"我问道，我希望大家恢复理智，开始走回头路。

我在科学上肯定是个孬种，我太想走回头路了。

夏民转头和我说："霞月进到石头缝里去了。"说着，他指了指其中一处石头缝，我发现他的表情都呆滞了。

"为什么？"

"不知道，我们跟不上她。"夏民说道，"她说，那块石头，在这些石头的里面，她要去找。"

"她为什么会知道？"

"我怎么知道？"夏民说道。

我看着罗子桑用手电照着的那条石头缝隙，里面黑漆漆一片，我大叫："霞月，出来，我们要走了。"

里面一点声音都没有，我爬过去，在缝隙口往里看，看到霞月探出头来，在深处和我说道："他们都在里面。"

"谁？谁在里面？"

"上一支队伍死掉的其他人。"她说道，"尸体，全部都在里面。我看到那块石头了，尸体都围着那块石头。"

我看了看罗子桑，罗子桑却在看四周，我问他："我们要进去吗？"

我太需要一个人主持大局了。

"宋松的事情，我不感兴趣。"罗子桑看着四周，开始往石头山上爬，"你们处理吧。"

"你去哪儿？"

"我去获取我们这一次来这里的最大的一个成就。"他一边说，一边一块石头一块石头地往上爬着。

"什么成就啊！"我怒了，"走了！这里什么都没有，你们已经发现矿脉了。"

"不，这里最大的神迹，还没有出现呢。"罗子桑看都不看我，"你如果能活着出去，一定要写下我的每一步。"

"你什么意思？你不觉得这里有点不对劲吗？我觉得这里很危险，很快就要发生不好的事情。"我喊道。

"是的，这里很快就要发生不好的事情。"罗子桑已经爬到了石头的顶部，"对于我们来说很不好，但是对于人类来说，是瑰宝。"

我觉得罗子桑已经疯了。我看向夏民，夏民却已经往石头的缝隙里爬了进去。

我当时想的是，我可不可以扬长而去？

我怀有巨大的责任感，把所有人带到这里来，但他们已经脱离理性的控制，我可不可以直接扬长而去？

我看了沈汤一眼，我想我至少要带一个人出去，现在只有沈汤还有一些正常的思维。

罗子桑在石头山顶上朝我喊："没多少时间了。"

"什么意思？"我抬头看着他。

"不要往回走。"他看着我，说道，"到石头里面去，沈汤先进去，你们来不及走到洞口，事情就会发生了。"

"什么事情？"我问道。

"世界上最壮观的事情。"他说道。

我看着他，他一边脱掉自己的假肢，开始在上面用假肢架设什么东西——似乎是一个拍摄台，一边和我说道："你不是一直在试探我，能不能听懂良渚古语吗？"

我沉默不语，看来我的技巧还不够，他第一时间就看出来了。

他说道："我听不懂，但是宋松听得懂，在那次泥石流里，我听到了他在玉琮里留的话，留给后来人的话。"

"在那玉琮里他留了话？"

"对，我猜测那玉琮有磁性，就是那种和海洋生物的化石一起开采出来的玉矿所制作出来的玉琮，因为当时的海洋生物可能含有特殊的物质，所以导致和玉矿融合之后，也带有磁性。这些磁性通过分层雕刻，可以记录声音。"罗子桑说道。

我看着他，这在探险小说里是个烂梗了，一般用来作为不合理现象的科学解释，没想到现实中也会出现这样的情况。

"宋松掌握了玉琮录制声音的办法？"我问道。

"对，他把自己的留言留在了里面。"

"为什么？"

"他说，良渚古语也不是他自己就会的，是当年和他一起搜集这种玉琮的几个人其中的一个教他的，里面的内容有极大的诱惑性，都是关于宝藏的线索。他当年就是听到了玉琮里的声音，知道了这个玉矿的线索。在这一带，这样的玉矿不止一个，都在浙江地下的地壳里。但他到了玉矿的最深处之后，找到了这个洞，却发现洞里的石头都是妖精，它会给你看幻境。"

　　这简直耸人听闻到了极点，但罗子桑的状态，让我丝毫感觉不出来，他是相信的还是不相信的。

　　他只是在阐述一个事实，而他放好拍摄支架之后，就看着穹顶。

　　"他说，到了洞里之后，一个小时到两个小时之内，环境就会发生变化，那是世界上人类能看到的最美的场景，但那也是看了之后一定会死的场景。在那个环境中，会有一个太阳，人会被那个太阳活活地晒死。"

　　我看了看沈汤，因为我感觉到她拉着我胳膊的手捏紧了一下。我仅剩的理智告诉我，如果宋松在录音里提到了晒死这件事情，那他说的情况，大概率会是真的。

　　"躲到石头里，就不会死吗？"

第
四
十
四
章

　　"要看那石头，怎么看待你。"罗子桑说道，"当时第一次发生了幻境的时候，宋松一行人都在太阳升起之前，躲进了石头里。那个时候，宋松才碰到了那块奇怪的石头——就是他认为里面有妖怪的那块。之后发生了什么事情，录音里就听不清楚了，但想必他和石头肯定达成了某种交易。你也听过录音带，当时到底发生了什么，只能靠你自己推测了。"

　　我也看着穹顶，一时间，不知道应该相信，还是应该恐惧。就在这个时候，罗子桑忽然站了起来，看向我们身后。

　　我和沈汤立即回头，看到在我们身后的空气中，出现了一个虚幻的光点。

　　那东西动得很奇怪，飘过我面前的时候，我竟然发现，那是一个半透明的水母一样的生物。

　　我不敢去碰，但是那半透明的"水母"直接转向，快速从我身体里穿过。

我回头看到那"水母"穿透进了岩石山里，似乎不是物质，而是一种虚幻的东西。

"这是什么？"

"这是当年的影像，三维的影像，被这里的岩石记录下来的，这里当年是一片海洋。"罗子桑说道，"那些被晒死的人，事实上不是被晒死的，他们是被大地剧烈放电的电离作用烧伤而死。这里很快，会从我们脚下的深处岩层里，出现巨大的电流，犹如闪电一样，打在岩层里，把里面记录的当年的影像，全部都释放出来。"

我甚至没有第一时间听懂他说的话，也完全不知道自己是否应该相信，只看到一条非常长的光带，从模糊到清楚，在半空游动。

那是我从来没有见过的生物，似乎是透明的，身上有很多的灯。

"有 10 亿年的地层消失了，本来我以为，绝对无法了解当时地球上的生物情况，但现在，我们不仅会有化石证据，甚至可以直接看到。"罗子桑按动了拍摄的按钮，手机开始拍摄。

我和沈汤抬着头，看到空中开始出现各种颜色的幻影，全部都是我们没有见过的生物。这多少年来记录到的岩石中的所有景象，全部开始在空中交叠起来。同时，奇怪的水声开始出现，各种动物的叫声和波浪的声音混在一起，铺天盖地。

它们似乎都在飞，有些非常巨大，穹顶都只能呈现一部分。我不知道那些是什么生物，但它们身上似乎有着无数的光斑，犹如繁星。

我们四周全部都是各种各样的荧光色雪花一样的小生物，密密麻麻，那是极度繁复的光影，一层一层，一片一片，犹如走在荧光闪耀的落樱花之中。仔细看，那些都是虾一样的东西，水母一样的东西，还有小鱼，都是非常细小的。

没有一种生物是我认识的，只有一些类似于菊石的巨大贝壳还稍微熟悉一点。

接着我们看到了一片巨大的绝对是水母类，但是完全犹如布条的生物，风暴一样席卷过这片山谷的半空。

我只能用绚烂来表达我当时看到的景象，整个山谷都亮了起来，我还看到了竖着游的一种类似于水草的东西，从我们脚下浮现出来，犹如瞬间开花的牡丹花海。

接着，我看到那群布条一样的生物，在被什么东西追逐，我看到半空中出现了一只巨兽，那是两栖类的，就是我们在下来的路途中看到的巨大化石的原型。

那东西的样子看起来犹如一只巨大的鳄鱼，但却是青蛙的皮肤，正在追逐那群布条生物。

那东西的出现几乎让所有的光斑，都亮了至少一倍，似乎它就是这里的主神，所有的一切都要闪耀着来迎接它的出现。

如果有古良渚人看到这个景象并且活了下来，那他必然会认定，这里绝对是天神所在。

接着，我们就看到了在整个穹顶的中心，开始出现一个闪着闪电的光斑，这个白色光斑越来越浓，越来越大，罗子桑大喊：“你们到石头里面去！”

我听到他说的时候，那白色光斑已经和太阳一样刺眼并且朝我们压下来，我让他赶紧下来，他大喊：“我得了癌症，我要拍到最后一刻，

远古情景盛况（虚构）

让我实现自己的夙愿吧！"

我迟疑了一下，那时候脑子里瞬间闪过了最初见他的时候，他那安静但是抽离的样子。

我忽然明白了他所有的心路历程。

沈汤拽了我一把，我和她爬进石头山的缝隙里，我一边往里爬一边大叫："夏教授，你们在哪里？"

没有人回应，我爬到刚才霞月探头看我的位置，发现有缝隙往下，就直接爬了下去，沈汤跟着我，我们很快就到了石头山内部的一处空间里。四周的缝隙里开始出现强光，在这内部的空间里，也能清晰地看到空气中飘浮着的浮游生物的幻影。强光出现，幻影就开始逐渐看不清了。

我没有看到夏民和霞月，知道这里并不安全。

在缝隙中继续寻找，这里只有一条我能继续深入、位于石头山中心部位的缝隙，我就挤进这个缝隙。到了这条缝隙里，四周恢复了黑暗，外面的光进不来了。

我往里艰难地爬，这里的石头缝隙是不规则的，不能走，只能爬，而且经常 90 度拐弯，向下拐或者向两边拐都有，身体需要有非常好的柔韧性。我简直是靠着自己的不要命，拉着韧带一路就到了黑暗的地方，又爬了两三分钟，来到了一个比较宽敞的圆形空间。

沈汤也进来了，我打开手电，立即就看到在这个空间的中间，是一块石头。

在这块石头的四周，趴着很多具风干的尸体，都犹如痴恋一样抱着这块石头。

夏民缩在一旁的石头边上，连手电都没有开，我没有看到霞月。

"霞月呢？"我问他。

他呆滞地看了我一眼："她回家了。"

"什么？"

"她说她到家了，她回家了，然后她——"夏民用我的手电照了照地上的一条缝隙，那条缝隙非常小，人根本下不去。

"她从这里下去了？"

"怎么可能？"沈汤说道，她过去比画了一下，连一条大腿都下不去。

"她从这里下去了。"夏民对我道，"她好像没有骨头一样。"

"可能这里结构不稳定，刚才这个口子没那么小。"我对沈汤说，因为我发现四周的岩石在我走动的时候，是松动的。

沈汤点头，用手电往里照，这下面还有非常深的空间。

我看着那些尸体，对他们道："这些人在这里仍旧被烧成这样，在这个空间里，还是不安全。霞月可能是意识到这一点了，往更深的地方去了。"

"再下去就是水了。"沈汤和我说，我凑过去，确实能看到缝隙最底部有水的反光。

我看着这缝隙，又看了看中间这块石头。如果不是这样的情况，我真要好好看看这块石头了，里面藏着妖怪的石头，到底是怎么样的。

"怎么办？"沈汤问我。

我看了看夏民，他还是混沌的。我感受了一下我们进来的那道缝隙的空气，空气还是凉的。

我不知道这个圆形空间等一下会怎样，如果是放电的话，会不会有闪电直接打进来，我用手电去照烧焦的尸体，直接用指甲拨开其中一具的皮。

里面不是焦的，只是干了，这是被闪电打的，而且是持续被巨大的电流电击，并不是空气燃烧。

这算是一个好消息。但我不知道我的判断是不是正确，我只是看到里面不是黑的而已。

"夏教授。"我对夏民喊道，他非常恍惚，我直接扶住他的双臂摇晃他，"夏教授，你物理学得好吗？如果这里要被电流击穿，我们采取什么措施可以防护？"

"电流击穿？"

"对。"我对他道，"从底层里射出来的闪电，持续一段时间，打穿这些石头，我们都会被电死。"

"打不穿的啊。"他说道。

我用手电照那些尸体，他看了看，神志清醒了一下，就去摸边上的石头，显然不用我解释，他也知道这里的尸体不可能自己就这么焦黑。

这些石头都是良渚玉，他是地质学家，摸了一会儿，就指着四周玉上的一种纹路，和我说道："有没有榔头？"

"还真有。"霞月在这里留下了工具袋，里面就有榔头。

他接过去，开始砸这些纹路："这些纹路可能是黄铁，电能通过这些纹路打进来。"

只有一把榔头，他砸了几下就发现，这些纹路很深，根本不可能快速地砸掉。

我们面面相觑，外面是水声和无数动物的声音，越来越嘈杂。

"要阻止空气电离。"夏民说道，回头看了看那些焦尸，"闪电是因空气电离产生的，通常情况下，空气是不导电的，除非遇到巨大的电压。我们得阻止这里的空气发生电离。"

我完全听不懂，问他："怎么做？"

他看着那些焦尸，喃喃道："碳不导电。"

第
四
十
五
章

　　我看着夏民，他立即改口说："不是，碳导电，石墨是导电的，理论上任何东西都是导电的，但……但……但——"

　　我摇晃他："但什么？"

　　"空气都被电离了，空气是最好的绝缘体之一，空气都被电离了，绝缘不是思考方向。"

　　我看着他，完全不知道他在说什么："要疏导，如果有疏导通道，这个空间空气电离的可能性会减弱。"

　　"疏导什么？"

　　"闪电啊。"他看着这些石头，指着上面的纹路，"这里，电场出现之后，会被外面的石头减弱，然后电子到了这些纹路上，无路可走，电场再次产生。到达一定规模后，直接电离空气，产生巨大的电火花，把这些人烧死了。我们要让这些纹路全部都能够连通。"

　　"连通到哪儿去？"

"接地啊，你没有常识吗？往下走，让空气大规模电离发生在我们下面的空间。"

我完全不明白，但此时毫无办法了，只能按照他说的做，问沈汤："学地理的物理怎么样？"

"肯定比你文科生好啊！"

"那行吧。怎么开始？"

"把焦尸捣碎。"夏民说道，"然后用自己的干衣上的涤纶做绝缘外壳。你们跟着我做。"

我来到干尸面前，看着那眼洞，如果是平时我肯定不敢正眼看，如今却直接拿起榔头开始砸，把手脚都砸下来敲成粉末。沈汤去搞水，我和夏民小便，混着干尸的粉末，就开始连接石头上的纹路。

这些纹路都有一些金属的光泽，不知道是什么金属的氧化物，我们把这些粉末糊上去。很快，所有的纹路都连通了起来。然后我们脱掉衣服，将衣服撕成长条形，覆盖这些条纹。我们身上还带着一些胶带，本来是用来粘贴衣服破损处的，现在全部来贴这些东西。

弄好之后，我已经感觉到石头滚烫起来，能听到外面的岩石之间已经开始出现火花，沈汤问道："有什么味道？"

夏民说道："是臭氧，高压产生的，注意臭氧中毒。"

我们三个人退到一起，都撞到了中间这块石头，我回头看了那块石头一眼，那块石头上没有任何的纹路。

那石头纹丝不动。

所有人面面相觑，紧贴这块石头，很快我就看到我们四周的空间里，开始出现细小的电火花，然后空气中出现了臭氧的恶臭。

那些我们用衣服覆盖起来的纹路，上面的织物开始熔化，并且发出了塑料的恶臭。

细小的电火花越来越大，但没有直接打穿整个空间的空气，只在四周细小的石头缝隙里面。我们身上的汗毛全部都立了起来。

"电流在通过这里。"夏民说道，"湿润的木炭可以导电，但是会产生高温，里面的水分会被蒸发。"

我已经看到所有我们设计的通路，都开始冒出水汽。

"蒸发完了呢？"

"可能重新产生空气电离，我们这个空间会出现闪电。"

夏民刚说完，忽然一个地方就直接从岩石上打出了一道闪电，直接贴着墙壁连接到另外一条通路上。

"人体是吸引闪电的。"夏民贴着那块石头，说道，"刚才这一条是贴着墙壁打的，如果电压再大一点，我们就会被打到了。"

刚说完又是一道闪电，从那个地方射出来，闪电是分岔的，细小的电叉，瞬间爬过我们四周。

"那地方没弄好。"夏民说道，"溃于蚁穴。"

那地方是我弄的，我想过去补一下，被夏民按住了："听天由命吧。"

接着就是各个地方都出现了纰漏，各种细小的闪电，开始在空间里乱窜。但不知道是不是我们连通了大多数纹路的缘故，这些闪电竟然都贴着四周的洞壁，极少有打穿空气的。

我们紧紧地贴着石头，闭上了眼睛，人到这个时候，只有面对死亡，毫无办法。

也不知道过了多久，我耳朵里全部都是闪电噼噼啪啪的声音，似

电涌（虚构）

乎永远不会停止。等到它真的慢慢减弱的时候，我有好久不敢相信。

我喘着气睁开眼睛，看到其他人都还活着，空气中弥漫着浓烈的臭味。大家面面相觑，都没有说话。

第
四
十
六
章

我们仍旧不敢轻举妄动，慢慢地，一切都安静了下来，直到汗毛直立的感觉也减弱了，我们才松了一口气。

夏民看了我一眼，我也看了他一眼，他对我说道："要相信科学。"

我点了点头，夏民忽然才想起什么来："霞月！"

刚才实在太紧张了，我完全忘记了还有一个人在下面。

夏民立即到霞月消失的缝隙处，朝下面大喊。

没有回音，而且此时那条缝隙更小了，只能通过我的手臂了。

夏民非常紧张，竟然有一种高中生恋爱，男生疏忽了女生的某个重要节日，着急想要弥补的劲头。

我慢慢地恢复呼吸节奏，在我的作品中，我写过太多的劫后余生，如今自己亲身体验，觉得竟然大同小异。

也许是我写作的时候，最后的篇章喜欢在二十四小时之内一蹴而就写成的缘故，那极度的疲倦、困顿和高昂的情绪，和真实的劫后余生很像。

所以我现在反而出现了小说写完之后的那种极度平静。我看着夏民，脑子里出现了罗子桑。

我开始往外爬去，爬之前，我问沈汤："现在还有危险吗？"

"放电应该停止了，如果空气中你汗毛直立的感觉很明显，说明岩石之中还有大量的电荷，你就要小心。"她说道。

我点头，动作放缓了一点。

幸运的是，一路出去，到了外面，我的汗毛一直比较正常。

外面是浓烈的臭氧的味道，我一爬出来就立即叫："罗子桑！"

我内心根本没有期望有人回应，因为我知道他生还的可能性几乎没有。

我叫一声是因为我心虚，我自己的怯懦让我在否定现实中一定会发生的事情。

确实没有回音。我用手电照向他之前待的地方，本来以为会看到一具烧焦的尸体，但那边什么都没有。

我以为尸体摔下来了，绕着石头山四处走，到处寻找，完全没有发现。

我爬到山的顶部，只看到他的假肢和那只手机。手机已经完全黑屏了，电子元件应该在雷击的时候受到了损毁。

我站在他之前站立的地方，想象在我们进去之后，他看到了什么。

放电量到最大的时候，他应该看到了远超我们所看到的巨大奇观。

岩石中所有记录的细节会完全堆叠在一起，形成超现实的极度美丽的幻象。

这些东西必须用自己的肉眼看，如果是用手机记录下来，恐怕完全无法解读。

但是他去哪里了呢？

我心中最大的猜测，是他完全被气化了，成为气体完全融入了空气之中。但是否他也会被那巨大的电磁效应，记录进了这些石头里，后来人能够在某一个时间，重新看到一个人站在石头的顶端，以幻象的形式，和这几亿年的历史相融合，成了奇观的一部分？

说实话，我甚至觉得这是属于他的最美的结局，陈之垚会羡慕死吧！

我带着手机走下来，交给沈汤。

这就是我们这一次唯一的收获了，希望里面的东西能够修复，让这一切有意义。

我在石头山的山脚下，坐了一会儿，刚出来的时候，这里的空气是热的，慢慢地，空气就凉了下来。一切都在恢复。

"这里的岩石琉璃化，说明这样的电涌时刻常会发生。"沈汤说道，"我们必须在第二次电涌发生之前，就离开这里。"

我很不情愿地站起来，重新爬进石头山里，夏民正在努力地搬动石头。

我过去，对着夏民说道："霞月还活着的概率有多少？"

夏民看着我，我对他道："马上就要下一次电涌了，我和沈汤要走了。我们出去后，会有探险队进来，带好所有的装备，进行营救。不仅是霞月，现在腰果哥和赵家兄弟也都不知所终。你现在也要先撤离到安全的地方，是否要跟我们出去，由你自己决定。"

夏民看着我，又看了看那条只够一条手臂穿过的缝隙，我不由他多思考，就把他往出口推了一下。

他那一眼看我，其实就是内心的纠结和犹豫，我那一推，如果他顺着出去了，说明他的内心早就做好了决策，只是无法面对自己的决策。

确实，我一推他，他就非常不舍地往外爬了。

我没有立即跟着他，而是在那个缝隙前坐了一会儿。他往外爬之后，就没有再回头了，他默认我在他身后，而且他内心也不想回头。

这才是真实的人性，我心中什么感受都没有。

接着，我用手电照射那块石头，坐在它的面前。

从我现在看来，它怎么看都是一块平平无奇的石头；在宋松的记录里，它是犹如一个妖孽一样的存在；在罗子桑的说法里，我们是否能活下来，要看这块石头的心情。

但夏民通过科学的方法，让我们活了下来。

整个过程里，这块石头一直没有发出任何的声音。如今我看着这块石头，回忆所有的细节，我知道这是我此生唯一一次和它对峙。

它到底是什么，如果我在这几分钟里不知道，那么我未来也不会知道了。

我是写小说的，对于不同线索之间的构建，有着天赋。我想着霞月白皙的皮肤，她和夏民说的"我要回家了"，以及霞月越深入这个深渊就越自如的状态，有点怀疑霞月就是宋松的女儿，而宋松的老婆认为自己的孩子可能是这块石头的孩子。

这里有多种可能性，要么石头是女的，借托宋松的老婆产儿，要么石头是男的，其中细节已经不可考证。

如果真是如此，难以自洽。但霞月的状态成谜，确实很奇怪，所谓"回家"，这句话怪之又怪。如今她进入了石头深处，再也没有声音，是否也变成了一块石头？继续深入，地下是否有更深的乾坤所在，也无法考究。

除非这块石头可以在我和它独处的时候，忽然开口说话，将真相告诉我。

然而在那几分钟里，这块石头毫无反应，不管是从外观看还是从状态看，这都是一块平平无奇的石头，与陈之至和我描述的很不相同。

因为陈之至在看到石头的瞬间，就觉得那石头有所不同，我不相信自己没有他敏感。

我摸着石头，忽然意识到，这块石头死了，在陈之至看到它的时候，这块石头是活着的，但是如今它死了。

为什么？

我在里面喊了一声："如果你还在的话，告诉我你在。"

没有任何的回音，我就像一个傻子一样。

沈汤在外面叫我，我最后看了石头一眼，毫不犹豫地离开了。

一路无话，只有狂奔。

我们先是离开了这个恶鬼的洞穴，我们认为外面是安全的，因为没有岩石琉璃化的现象，我们都坐了下来。面对往上的旅程，其实非常让人崩溃。

抬头看上面的万丈悬崖，也是生死之旅途。

三个人一开始都不说话，后来沈汤问我："你在里面干什么？"

我直接回答她："尝试和那块石头说话。"

"你相信那个故事？"

我看着她："你不相信？都到了这个地步了，我觉得宋松算是一个非常实在的人了。"

"但他老婆呢？"沈汤看着我，"故事是从他老婆嘴巴里说出来的。"

第
四
十
七
章

我沉默了。

沈汤说道："他老婆也许有被迫害妄想症，我相信宋松把石头送下来有特殊的理由，但我绝对不会相信石头会说话。"

我看了看夏民，他也看着我，非常落寞，然后又看着那个山洞的入口，没有说话。

"教授你怎么看？"我迫切需要参照物，因为我如今已经有一点无法自主判断了。

"我相信。"他看着我，"霞月爬下去之前，一直在和那块石头说话，我听不懂她在说什么，她也完全不在意我的叫喊。"

"她在和石头说话？"

"是的，后来她才和我告别，说自己要回家了。"

我们三个人重新沉默，我用水洗自己的脸，然后问夏民："我们应该不会再进来了吧？"

夏民看着那个洞口，不说话，他希望霞月会忽然出现吧，但自己又没有勇气再进去探查了。

"如果你们还有谁想知道秘密，现在是最后的机会。"

三个人还是沉默。

"这种石头，能记录下人的意识吗？"沈汤忽然问道。

"你是什么意思？"

"我看过一部小说，人的意识会变成量子态存在于某些磁性媒介里。在巨大的高压下，人的肉体毁灭了，但是声音和一切的信息，都被记录进磁性岩层里了，包括他的意识。"沈汤说道。

"灵魂吗？"

"是意识。现在意识起源没有找到，很多人认为是量子态的。如果是量子态的，就可以存在于人脑之外的地方。"沈汤说道。

"就是闪电把整个人的意识也记录进岩层里了。"我说道，"那些岩层里，都是古良渚人的意识？"

良渚文化时期肯定有无数的人在这里死亡,这放电实在太强大了。在那些幻影中，也许有很多古良渚人的幻影重叠在其中，最后才会释放出来，那也只有罗子桑看见了。

"要知道很简单。"沈汤说道,"罗子桑也是这么死的,他的意识，应该也在这里的岩层里了。"

"这么多人的意识混在一起。"我就笑了起来，这不是地球盖亚的传说吗？人类所有的意识都来自一个母意识，就是地球的意识。

沈汤站了起来，对着四周大喊："你在不在？你在的话，和我们说话。"

"那是需要某种特殊情况的。"我说道，"只有宋松可以听到那块石头说话，其他人是听不到的。"

"什么特殊情况？"

"不知道，我不知道啊。"我说道。

我想起那录音里似乎是石头发出的奇怪声音，当时猜不透这录音到底是进来的时候录的还是出去的时候录的，此时却觉得可笑。

那么多绳子，那么重的石头，怎么可能一次搞定？他们肯定来回了许多次，那声音是不是石头的声音，到底是何时录的，根本不重要。我当时的精神状态太差了，完全魔怔了，钻入了牛角尖。

就在这个时候，夏民忽然激灵了一下，然后站了起来。

我们都吓了一跳，我问怎么了。

夏民没有回答，发着怔朝着我们边上的一块石头走去，我和沈汤都非常紧张，心说难道罗子桑真的说话了。

结果夏民绕过了这块石头，拿手电去照石头的后面，然后脸色惨白地叫了起来。

我们跟过去，看到赵海龙的尸体漂浮在石头后面的水上。

夏民看着我："我刚才恍惚中看到有奇怪的颜色，就过来看看。"

我把尸体翻过来，意识到在我们进去的时候，他肯定已经在这里了。我们当时太兴奋了，竟然没有看见，不过他摔的地方确实也十分隐蔽。

我抬头看上方，他应该是摔下来的，不知道是从哪个口子爬了出来，然后失手了。

赵海龙还是太鲁莽了。

"还有一个呢？"

我们继续去找，却发现只有赵海龙的尸体，赵海仙不在这里。

我愣了好久，真的是好久好久，情绪一会儿强一会儿弱，最终我把他的脸遮了起来，放到了干燥的地方。夏民抹了抹眼泪，三个人再次对视了一眼，没有人再迟疑，开始往上爬去。

如果没有经历刚才这一切，我一定对赵海龙的意外非常痛苦。

但刚才我们经历的一切，让我意识到了人类个体的渺小，我的感情似乎耗尽了，所以刚才我努力地看着赵海龙，等我的情绪回归的时候，我希望自己还能记得他最后的样子。

太渺小了，我们的生命。我希望所有人都好，但我竟然不再恐惧和强调死亡了。

希望赵海仙平安，希望还有奇迹，但对不起了朋友们，我要走了。

出路漫长，既然来路说了那么多，出路也就不用多说了。

整个过程，我没有担心过那我们无法通过的水潭，应该怎么通过，似乎这个困难完全不存在。

我的注意力全部都在那石头上，还有赵海仙的安危上。

大概是一半一半的思绪。

我甚至对于赵海龙的死已经记忆模糊了，他死得那么突然，我也可以记住，但我什么都记不住了。

我有很多幻想，在无休止的爬升过程中。

我一直觉得赵海仙是和赵海龙一起下来的，赵海仙进去拿了一块石头出来，变成了魔鬼，杀死了赵海龙。

那块石头，里面全部都是人的意识，打碎了之后，意识就独立了，它想去外面看看，于是当年宋松来了，受胁迫带走了石头。那石头出去之后，对于男欢女爱很感兴趣，爱上了宋松，就逼宋松生一个孩子。宋松娶了现在的老婆，生了一个女儿。那石头显然是想通过什么方法，把自己的意识传一部分给这个孩子，但宋松的老婆，意识到了这一点，为了保护孩子，她用情感说服了宋松。

宋松最后应该是用了极大的勇气把自己的石头爱人送了回去，代价是他自杀了，不知道是什么原因，可能是他最后还是发现自己的女儿被石头侵蚀了，无法面对。

这个女儿就是霞月。长大了之后，她来山洞里认祖归宗。

我大概拼凑出了这么一个故事，但我无法论证，只是觉得合理。

应该，就是这样了。

我们在水池边被困住无法出去，等了三天三夜，对面出现了灯光，终于有人来接我们了。接下来我完全是恍惚的，我不知道我是怎么走完最后一程的，只觉得没有我存在，这里就是一片混沌，而混沌之中，无数的意识正在看着我，和我窃窃私语。

一直到最后我看到蓝天的瞬间，我只清醒了一秒就号啕大哭起来，哭得什么也看不见，什么也无法思考。

第四十八章　结局

　　我睡得非常不安稳，在我的故事中，我的主人公在经历了一场冒险之后，往往会在离开地下空间的时候晕倒，并且睡上三天三夜。这是给我自己的心理暗示，因为这样我就有机会从紧张的故事情节中出来，并且让自己的神经舒缓，也可以让读者慢慢地从紧张的心绪中缓过来。如果他们看这本书看到深夜，此时最后的几章会让他们慢慢地回归到可以睡眠的状态。

　　但我自己经历的时候，我发现不是这样的，出来的第一晚，睡得非常不好，甚至比在洞穴内还要不好。

　　我醒过来的时候，看到蓝天，压力并没有消失，一直到救援的医生给我打镇静剂，我才能够找回平静的感觉。

　　我们是被直升机运出去的，腰果哥说得不错，他们的救援实力很强。

　　半个小时后，我们就到了附近的镇里，我发现离这里最近的地方竟然是千岛湖。

我们最后休息的那个水潭里的水，应该是千岛湖的水，当年千岛湖还没有出现的时候，那个地方确实只能在下雨的时候下去。

而我们现在能下去，是因为千岛湖蓄水之后，地下河的水量一直很充足。

我闭上眼睛，还能看到当时在最后的缝隙中看到的那魔幻一样的景象，那极度的梦幻和精美，同时又带着如此巨大的杀意，让人恐惧又迷恋。

如果没有最后的那个东西出现，我一定会再下去，再看一次。那是人能看到的审美的极限，而且不是在电影院里，是在现实中。

罗子桑永远留在了下面。我在第二天才知道赵海仙没有出来。他们去找路，赵海龙比我们早到了那个水潭，并且死在了里面，而赵海仙去了哪里，现在已经没有人知道了。只有平时存在感最低的腰果哥，真的找到了出路，救了我们。

接下来队伍跟着考古队继续进入，寻找和营救赵海仙，并且去保护我们发现的所有东西。这里的一切都暂时不会公布，等到时机成熟，才会公布于世。

霞月的尸体没有被发现，她到底怎么了，是不是宋松的女儿，此时已经不重要了，我也不想再去思考，像我小说中所写的那种锲而不舍的品质，我并没有。

沈汤、夏民，我都没有再看到，他们应该在其他帐篷里。而我一言不发，我觉得夏民会把一切都讲出来的，而我不行了，我无话可说。

但我一直在听，听救援的人，听考古队的人，他们在说什么，没有人注意我，他们大概以为我已经疯了。

有一件事情，让我浑身产生寒意，一直无法平息，就是当时接玉琮出去的那支队伍，并没有回到现实世界。

他们在路上，失踪了。也就是说，所有在泥石流区域发现的玉琮，全部都没有到博物馆，那一支队伍有腰果哥的人，有考古所的人，他们都中途不见了。

送玉琮去博物馆的旅途一共就二十四个小时，我不知道能发生什么变故。

从沟通记录来看，他们也听到了玉琮发出的声音，并且向考古所汇报了。腰果哥的救援人员，也通过卫星电话，和总部讲了这个事情。

之后，他们就消失了。

顺着道路，后备的救援已经找了好几遍。能确定，他们在走了十二个小时之后，忽然改变了自己的行进方向，去了山的深处。

没有人知道他们为什么会忽然改变目的地，而当时的考古队应该急着去保存文物，不应该有其他目的。

所以，一定是发生了什么。

我觉得，他们也受到了玉琮的蛊惑，而去了另一个藏有什么秘密的地方。

我原本以为良渚是一个很简单的古国，现在我发现自己的结论完全错了，这是5000多年前的一个神秘的、强大的文明，它有着自己的秘密。

但至少我没有力气再去探究什么了。

夏民一定会有什么结论的，如果有缘分的话，他会告诉我，如果没有的话，没有关系。

我心里这么想着，离开了千岛湖。回到自己的书房后，我必须推开窗户，听着外面的汽车声才能安静下来。

　　如果我有朝一日能把这个故事写下来，一定是我恢复了勇气。

　　而我现在，心中只有一个想法，就是让我忘记吧，忘记这一切吧！

　　当然，我心中还有一个隐忧，就是这样的故事，往往不会那么简单地结束。

　　谢谢观看，这个故事，就到这里吧。

第四十九章　第二结局

朋友，如果你看到这里，觉得满足和安宁，就不要继续翻页，看后面的故事了。如果你能接受事情的变化无常，一切故事的结局都是开放式结局，你可以翻开一看。

不过，我们应当让故事完结在这里，而不是翻开下一页，去知道更多还没有解决的问题，仍旧在不停地冒出悬念，这是我对你的忠告。

三个月后。

我一直到三个月以后，才把这件事情写成了一封信，烧给了陈之垚。

我觉得算是一份比较完美的答卷。

这本来应该是一次对老朋友的缅怀活动，一次旅游，一次简单的冒险，最终变成了很多人生命的终点和人生的创伤。如果一开始知道会是这么一个结果，我还会出发吗？

我真的不知道，在我思考这个问题的时候，我觉得我的大脑一片空白。

因为其中有我绝对不想再经历的，也有我完全舍不得忘却的。

我在这段时间，一直在犹豫要不要把故事写出来。

赵海仙一直没有下落，想到他如今仍旧在漆黑一片的地下，我就一个字都写不出来。

他如果活着，也应该是一个疯子了。

大概是三个月多一点之后的一个傍晚，秋风已经开始萧瑟。

我从工作室出来，来到自己车边上的时候，看到有一个人站在那里。

我发现他是赵海仙，当时我晃神，以为见到鬼了。

我当时脑子里闪过了非常多的念头，他走过来的时候，我以为他被营救出来了，心中一酸，结果他的脸完全被车灯灯光照清楚的时候，我发现他的表情非常奇怪。

他来到我的边上，我刚想说话，他对我道："我有东西要给你看。"

"你没事吧？你什么时候出来的？"我问他。

他递给我一只手机，说道："我在下面被困住找路的时候，拍到了一些东西，你看一下，自己决定怎么处置这些资料，别再来找我了。"

说着他就转身快速离开了，我没有追他，看着手里的手机，就觉得非常疑惑。

上了车之后，我先给腰果哥打了电话，腰果哥说营救赵海仙的任务很早就停止了，并问我怎么了。

那么就是赵海仙自己出来的，我心说。

我拿出那只手机，是一只满是伤痕的老手机了，没有密码。我打开手机，看到相册里有几百段小视频。

我打开了标星的那段，视频开始播放，里面是那个熟悉的山洞。

所有的背景音都是赵海仙的喘息声。

此时，我看到了他拍摄到的东西，是在一处山洞深处的黑暗中，手电光慢慢地照了出来，我浑身冰凉，在看整段视频的过程中，我整个人脑子一片空白。

那到底是什么东西？

我觉得极度窒息，在最后，赵海仙用非常微弱的声音说道："这东西，不能让任何人知道，这不是我们能承受的秘密。"

我不想隐瞒什么，也不想幻想什么，我只想说，这个故事并没有结束。

作为一个悬疑小说家，我总对事物保有一定的推理能力，如果我们重新回到故事的中段，就会知道，宋松说过，当你听从石头的指引，并且找到了一块愿意和你沟通的石头，它就会向你提一个要求，作为你是否能够继续深入的考验。这个要求往往非常残酷，比如说给宋松的要求，是带着石头去看看外面的世界。

因为这个故事太过奇怪，所以我当时并不相信，但赵海龙的死亡和赵海仙视频中拍摄的画面，让我再次想起了这个故事，并且有了一种非常不好的联想。

他显然是在更深的地方拍摄到了这些东西，我不由得猜测，是否他已经完成了石头对他的考验呢？这些东西，是否存在于宋松所谓的相信第二个故事才能到达的层数那里？

而那块石头给他的考验，是不是就是杀死自己的哥哥？

当然这只是我的个人臆想，赵海仙什么也没有和我说，有时候我甚至会因为自己这样的过度发散思维而觉得愧疚和不齿。但在经历了那样一场离奇的探险后，我只能用极度的想象力，来思考各种可能性。

如果我的臆想是真的，其实也有一些说不通的地方，比如说，赵海仙是一个头脑非常清晰的人，如果所谓的考验是：你只有杀了自己的哥哥，才能进入下一段旅程。我觉得赵海仙会意识到，这不是一个考验而是一个条件，那么这对于他来说，没有丝毫吸引力，也无法形成巨大的动机。

所谓的考验，应该是，你必须相信我，只有杀死你的哥哥，才能进入下一段旅程，但你的哥哥并不会真的死，这只是一个信任度的考验。

就像很多电影里的信仰之跃，主人公到了关键时刻，是否百分之百相信可以凌空越过前方的悬崖，如果不相信，那么旅途就到此为止了，如果相信，那么当他迈出第一步之后，就会发现神迹是存在的。

当然，臆想只是臆想，当时到底发生了什么，如今已经成了未解之谜，特别是赵海仙他们在寻找出路的时候，究竟遇到了什么事情，恐怕再遇到他之前，我不会有任何机会知道。

我无法形容视频里的东西，再过一段时间，对于这件事情的保密期限就会解除，也许那时候我可以把它们写出来。

这件事情发生之后，很快又发生了一个意外，所有的事情都似乎在证实，宋松所有的话都是实话。

我开始思考当时我绝对不会相信的一个说辞——宋松说：这块石头所有的奇怪现象，都是科学可以解释的。

想要解释清楚这件事其实很复杂，因为石头能发出声音的现象，已经被证实是因为剧烈地放电和石头里的磁性共同作用形成的，但这种像录音机一样的现象，仅仅只限于播放和录制信息，无法像 AI 一样和人进行有来有回的沟通，然而我们经历的所有细节都显示，这块石头是可以和人沟通的。

那么石头真的有意识吗？是否古良渚人的思维也被一同记录进去了？我对此进行了很多畅想，但一个在广州做材料学研究的科学家朋友，听完之后坚定地表示，这就是一个很简单的科学现象。

他说："那块石头不过是一个对讲机而已。石头通过地磁的作用，似乎联通着那个山洞深处的某个东西，看似是宋松在和它交流，其实，宋松是和石头另一边的东西在交流。"

我愣了一下，朋友又说："古人如果看到我们打电话，也会觉得电话里有一个妖怪。"

我看着赵海仙所拍摄的视频，意识到这确实可能是唯一正确的科学解释。

　　但宋松送石头回去之后，他有没有继续往下，他进入了第几层呢？赵海仙又进入了第几层呢？

　　那个洞里还有很多的秘密，之后我又接到了夏民的邀请，去了新疆的天山。我们在那里发现，这种情况似乎并不是个例，在地球上的洞穴深处，似乎有一个共同的秘密……

后 记

写完这本小说，其中有几个地方，是要澄清一下的。

第一是地球地层的消失，在地质学上叫作"巨型不整合面"（The Great Unconformity）问题，这就造成了地球历史上巨大的时间空缺。根据我有限的知识和记忆，时间空缺其实发生在寒武纪时期之前，大概有10亿年。目前比较成型的一种理论叫作"雪球理论"，意思就是当时的地球被完全冰封了。

目前看来，有越来越多的证据在补充证明这个理论，所以如果是科普的话，还是应该以这个理论为准。但小说家当然是希望在这消失的10亿年里，地球上存在着另外一种生物系统。不同于恐龙这些可以被推断出的，那10亿年里的生物和现在完全不同，一点关系都没有。

我利用了不可追溯性，幻想了一个在这10亿年间的天马行空的世界。但毕竟是小说家之言，在后记中要澄清一下，切记，这只是供大家娱乐一下。

第二是化石玉石，这其实是非常罕见的一种情况。从本质上来说，化石成为真正的良渚玉的可能性非常小，只是从理论层面上可以用意外的地质情况来解释。我为了小说的创造性，对其进行了演绎。试想，假如在历史长河中，有一个区域发生了一些特殊的火山地质情况，形成了化石良渚玉矿，也是一种浪漫主义的演绎。

第三是良渚神徽，按照现有的学术研究，其实大概率为祭祀崇拜所神化出来的人物，或者是权势人物的一种演化形象。我在故事里将巨兽化石说成是神徽的原型，也是一种畅想，不属于科学论断，只是一个脑洞。

以上皆有前辈老师和我讨论过，以后既要表明原型思路和灵感出处，也要还原其本相。之所以称呼其为文明畅想系列，本意是通过故事引发大家对于一个文明的兴趣。作为抛砖之人，不足为提。如果大家真的因为这本小说喜欢上了良渚，那算是初心达成，是良渚的魅力使然，更是历史的魅力使然。

故事中畅想的部分很多，包括对玉琮的一系列畅想，在此就不一一列举了。如果大家想要了解更多，可以登录良渚博物院的网站或者去一趟杭州。

文明畅想，仅做一只引起您兴趣的引路小蜜蜂，任务是带您进入花海之中。